社会与文明

胡适 谈

胡适 著

陈亚明 编

中国华侨出版社

·北京·

图书在版编目（CIP）数据

胡适谈社会与文明 / 胡适著；陈亚明编. -- 北京：
中国华侨出版社, 2022.10
　　ISBN 978-7-5113-8858-2

　　Ⅰ.①胡… Ⅱ.①胡… ②陈… Ⅲ.①散文集—中国
—现代 Ⅳ.①I266

　　中国版本图书馆CIP数据核字（2022）第124605号

● 胡适谈社会与文明

著　　者 / 胡　适
编　　者 / 陈亚明
出　版　人 / 杨伯勋
责任编辑 / 张　玉
封面设计 / 薛　芳
经　　销 / 新华书店
开　　本 / 710毫米×1000毫米　　1/16　　印张/ 14.5　　字数/ 208 千字
印　　刷 / 艺通印刷（天津）有限公司
版　　次 / 2022 年 10 月第 1 版　　2022 年 10 月第 1 次印刷
书　　号 / ISBN 978-7-5113-8858-2
定　　价 / 45.00 元

中国华侨出版社　　北京市朝阳区西坝河东里77号楼底商5号　　邮编：100028
发行部：（010）64443051　　传　真：（010）64439708
网　　址：www.oveaschin.com　E-mail：oveaschin@sina.com

如发现印装质量问题，影响阅读，请与印刷厂联系调换。

编辑说明

胡适先生是20世纪中国最具国际声誉的学者、思想家和教育家之一。在民国众多大师之中，他的身上闪耀着那个时代最为耀眼的光芒：作为新文化运动的领袖之一，胡适拥有32个博士头衔，获得过诺贝尔文学奖提名，还被称为"九项全能"的专家学者。他不仅在文、史、哲等诸多领域取得了巨大成就，还活跃于政治领域。

做学问，胡适先生提出"做学问要在不疑处有疑"；做人，他说"待人要在有疑处不疑"。《人民日报》这样评价胡适先生："他是20世纪中国最具国际声誉的学者、思想家和教育家之一，是20世纪中国学术思想史上的中心人物。自新文化运动以来，在学术思想上开一代新风，对思想界、学术界、文化界影响甚深。"

本系列文丛从胡适先生生前发表的各种著作、文章中，精心挑选其在文化、历史、社会、哲学等领域的代表作品，按照"读书与做人""文学与历史""哲学与理想""社会与文明"四个主题整理并进行分类。

胡适先生著作版本繁多，不同版本之间又多有歧异。为此，本系列文丛尽量以胡适自校本为底本，参校了其他权威版本，在保持原作风格的基础上，根据现代白话文的标准，对文稿进行了细微调整，以符合读者的阅读习惯。

一、文中出现的错字、漏字、别字均有订正，并酌情加注说明。

二、文中凡是未加新式标点的，都重新加好标点；原有标点与现行编辑体例不符的，在不影响阅读及语义的基础上，尽量保持原有标点。

三、文中部分字词的运用，如"的"与"地"、"做"与"作"、"他"与"她"、"那"与"哪"等，尽量保持原样。

四、文中译名的不同均加以注解。

五、根据具体情况，对部分文章做了一些删减。

目 录

下卷
胡适谈文明

上卷

胡适谈社会

❖

有人告诉你"牺牲你个人的自由去争取国家的自由"，可是我要告诉你"为个人争自由就是为国家争自由，争取个人的人格就是为社会争人格。真正自由平等的国家不是一群奴才建立起来的"。

一是独立思想，不肯把别人的耳朵当耳朵，不肯把别人的眼睛当眼睛，不肯把别人的脑力当自己的脑力；二是个人对于自己思想信仰的结果要负完全责任，不怕权威，不怕监禁杀身，只认得真理，不认得个人的利害。

把自己铸造成器，方才可以希望有益于社会。真实的为我，便是最有益的为人。把自己铸造成了自由独立的人格，你自然会不知足，不满意现状，敢说老实话。

❖

五四运动纪念

一、五四运动之背景

中国加入欧战时，全国国民，皆抱负极大希望，以为从此以后，对外赔款，可以停付——至少可以停付五年；治外法权，可以废止；关税主权，可以收回。当时，日本人已先中国数年，加入战争，派遣军舰，专与东方的德国势力为难；接收青岛，续办胶济路，所有德国人在华的势力，居然落到他们手中去了。彼时中国人尚不如何着急，因为日本政府曾有表示，望此次接收，不过暂时之事，将来"终究归还中国"；不料到了第二年——1915年，日本非独不把山东方面的权利，交还中国，抑且变本加厉，增制许多条件，向中国下"哀的美敦书"，强迫中国承认，中国无法，只能于5月9日签字承认。于是中日二国的感情，越弄越坏，坏到不可收拾了。

中国正式加入欧战，是1917年。前此之时，虽有华工协助协约国与德国开衅；但未经中国政府正式表示，到了1917年，中国政府，公然向德绝交，向德开战。翌年11月11日，德国终于失败了，一种代表军国主义和武力侵略主义的势力，终于被比较民治化的势力屈服了，欧战遂此告终。全世界人皆大庆祝此双十一节，中国自亦受其影响。5月17那一天，所有北京城内的学校，一律停课，数万学生，结队游行，教育部且发起提灯大会，四五万学生，手执红灯，高呼口号，不可谓非中国教育界第一创举。影响所及，遂为以后的"五四运动"下一种子；故虽谓五四运动，直接发源于此次五六万人的轰轰烈烈的大游行，亦无不可。非独此也，教育部且于天安门一带，建筑临时讲台，公开演讲。事后北大停课三天，要求教育部把此临时讲台，借给北大师生，继续演讲三天。演讲时间，每人限以五分钟，其实，每人亦只能讲五分钟，因为彼时风吹剧烈，不到五分钟，讲员的喉咙，已发哑声，虽欲继续，亦无能为力了。因此，各人的演词，非常简括，却又非常精采。此后在《新青年》杂志上所发表的如蔡元培的《劳工神圣》和我的《非攻》等篇，皆为彼时演词之代表。但有人要问，我们为什么要如此做呢？原来彼时北京政府，"安福俱乐部"初自日本借到外债六万万元，一时扬武耀威，非常得意。我们见之，虽有非议，亦无法可想，彼时既有教育部首先出来举行公开演讲，我们亦落得借此机会，把我们的意见，稍微发泄发泄。后来，我因母丧离开北京，故未得亲自参加这个大运动的后半剧。

1919年1月18日，交战诸国开和平会议于法国Versailles宫（凡尔赛宫）中，中国人参加者，有政府的代表，有各政党的代表，又有用私人名义去参加者，以为美国威尔逊总统的十四点，必可实行，中国必能在和会之中，占据许多利益；至少，山东问题，必能从和会中得着满意的解决。然而威尔逊毕竟是一个学者的理想家，在政治上玩把戏，哪里敌得过英国的路易·乔治（David Lloyd George）及法国的克列孟梭（Clemenceau）（今译克里孟梭）这一班人呢？学者遇着"老虎"，学者惟有失败而已！

二、五四运动之发生

4月28日，国际联盟条文，正式成立，尚觉有点希望。过了二天，到了4月30日那一天，和会消息传出，关于山东方面的权利，皆付与日本，归日本处理。消息一到，前此满腔热望，如此完全失望了！全国愤怒，莫能遏制，于是到了5月4日那一天，学生界发起北京全体学生大会，开会以后，到处游行（外传北京学生会曾向东交民巷各公使馆表示态度说不确）。后来，奔到赵家楼胡同曹宅，撞破墙壁，突围而进，适遇章宗祥在那里躲避不及，打个半死，后脑受着重伤；当场即被捉去学生二三十人，各校皆有，各校校长暨城内绅缙名流，皆负责担保。后来消息传到欧洲，欧洲代表团，亦大受感动，同时更用恐吓手段，打电报给我国出席总代表陆征（徵）祥，如果他糊里糊涂的在山东问题条文中签了字，他的祖宗坟墓，一概将被掘；外交团迫于恐吓，自不敢轻意签字了。于是在5月14日那一天，中国代表团，又在和会内重新提出"山东问题"，要求公平办法，始终没有得着好的结果，而中国代表亦始终没有签字，所以然者，实因当时留欧中国学生界，亦有相当的运动，包围中国公使馆不许中国官员擅自签字之故。可是这样一来，当时办教育的人，就棘手了，好在他们亦不欲在这种腐败的政府下供职，于是教育部中几个清明的职员及北大校长蔡先生等人，相继辞职。那时，政府正痛恶那一班人，他们既欲辞职，亦不挽留。然而当时的学生界怎能任这一班领袖人物，轻轻引退呢？于是大家主张挽留。为欲营救被捕的学生，为欲挽留被免的师长，同时又要继续伟大的政治运动，故自5月20日起，北京学校，一律罢课，到处演讲，诸如前门大街等热闹地方，皆变成学生的临时讲场了；对于城内交通，不无影响，于是北京军警，大捕学生。但军警捕捉学生越着力，学生的气焰，越加热烈，影响所及，全国学生，相率罢课，天津的学生界，于5月23日起，宣布罢课；济南的学生界，于24日宣布罢课；上海的学生界，于26日宣布罢课；南京的学生界，于27日宣布罢课；后来连到军阀的中心势力所在的保定学生界，亦于28日决议罢课；向者为北京学生界的爱国运动，今其势力，已风动全国学生界，而变成全中国的学生运动了。同时北京被捕的学生，亦益发增多，城内的拘留所，皆拘满了，一时无法，就把北大第三院，改成临时拘留所，凡遇着公开讲演的学生，军警辄把枪一挥，成群的送入北大第三院内，院之四周，坚筑营盘，昏夜看守。后来第三院的房子内住不下了，又把第二院一并改为临时拘留所。斯时杜威博士适到北京，我领他去参观就地的大监狱，使他大受感动。后来，忽有一天，到了6月3号那一天，院外的营盘，忽然自动撤销了，看守的军警，各自搬场了，一时不知其故，后来才明白上海学生界，即在6月3号那一天，运动商界，一律罢市三天，并要求政府罢免曹、陆、章三人的职务。政府见来势汹险，无法抵抗，终于屈服下来；自动撤销营盘，自动召回军警，即是政府被人民屈服的证据，而曹、陆、章三人，亦于同日被政府罢免掉了。此为5月4日到6月3日几近一月中间的故事，最后的胜利，终于归属学生界了。

三、五四运动之影响

如今且约略考究五四运动的影响，它的影响，计有二方面：一为直接的影响，一为间接的影响。直接的影响，能使全国人民，注意山东问题，一面禁止代表签字；一为抵制日货，抵制日货的结果，许多日本商人，先后破产，实予以重大打击，故日本野心家，亦渐生戒惧之心了；再加上其他友国的帮助，故于1921年"华盛顿会议"中，当中国代表重新提出山东问题时，中国着实占点便宜。其结果，日本终于把山东方面的权利，"终究交还中国"了。

至于间接的影响，那就不能一样一样的细说了！

第一，五四运动引起全国学生注意社会及政策的事业。以前的学生，不管闲事，只顾读书，政治之好坏，皆与他们无涉。从此运动以后，学生渐知干预政治，渐渐发生政治的兴趣了。

第二，为此运动，学生界的出版物，突然增加。各处学生皆有组织，各个组织皆有一种出版物，申述他们的意见。单说民国八年一年之内，我个人所收到的学生式的豆腐干报，约有四百余份之多，其他可无论了。最奇怪的，这许多报纸，皆用白话文章发表意见，把数年前的新文学运动，无形推广许多。从前我们提倡新文学运动，各处皆有反对，到了此时，全国学生界，亦顾不到这些反对，姑且用它一用再讲，为此"用它一用"的观念的结果，新文学的势力，就深深占入学生界的头脑中去了，此为五四运动给予新文学的影响。

第三，五四运动更予平民教育以莫大影响。学生注意政事，就因他们能够读书，能够看报之故。欲使平民注意政事，当亦使他能够读书，能够看报；欲使平民能够读书，能够看报，唯一的方法，就在于教育他们。于是各学校中，皆创立一个或数个平民学堂，招收附近平民，利用晚间光阴，由各学生义务教授；其结果，平民教育的前途，为之增色不少。

第四，劳工运动亦随五四运动之后，到处发生。当时的学生界，深信学生一界，势力有限，不能做成大事，欲有伟大的成就，非联合劳工各界，共同奋斗不可。但散漫的劳工，不能发生何种势力，欲借重之，非加以组织不可，于是首先与京汉路北段长辛店的工人商议，劝其组织工会，一致奋斗。一处倡之，百处和之。到了今日，各处城市，皆有工会组织，推原求本，当归于九年以前的五四运动。

第五，妇女的地位亦因五四运动之故，增高不少。五四运动之前，国内无有男女同学之学校，那时，妇女的地位，非常低微。五四运动之后，国内论坛，对于妇女问题，渐生兴趣，各种怪论，亦渐渐发生了；习而久之，怪者不怪，妇女运动，非独见于报章杂志，抑且见诸实事之上了！中国的妇女，从此遂跨到解放的一条路上去了。

第六，彼时的政党，皆知吸收青年分子，共同工作。例如进步的党人，特为青年学生，在他们的机关报上，辟立副刊，请学生们自由发表意见。北京《晨报》的副刊，上海《民国日报》之"觉悟"，即其实例。有的机关，前时虽亦有副刊，唯其主要职务，不外捧捧戏子，抬抬妓女，此外之事，概非所问；五四以后，他们的内容，完全改变了：诸如马克思、萧伯纳、克鲁泡特金等名词，皆在他们的副刊上，占着首席地位了。

其在国民党方面，此种倾向，益觉显著。论日报，则有《民国日报》的各种副刊；论周报，则有《星期评论》；论月刊，则有《建设》杂志等等；其影响于青年学生界者，实非微事。非独此也，他们并于民国十三年中国国民党改组之际，正式承认吸收少年分子，参加工作，此种表示，亦因受着五四运动的影响之故，就中尤以孙中山先生最能体验五四运动的真意义。彼于1920年正月9日那一天，写信给海外党部，嘱以筹金五十万，创办一个最大的与最新式的印刷机关，其理由，则为：

> 自北京大学学生发生五四运动以来，一般爱国青年，无不以革新思想为将来革新事业之预备；于是蓬蓬勃勃，发抒言论，国内各界舆论，一致同倡，各种新出版物，为热心青年所举办者，纷纷应时而出，扬葩吐艳，各极其致，社会遂蒙极大之影响，虽以顽劣之伪政府，犹且不敢撄其锋。此种新文化运动，在我国今日，诚思想界空前之大变动，推原其故，不过由于出版界之一二觉悟者，从事提倡，遂至舆论放大异彩，学潮弥漫，全国人皆激发天良，誓死为爱国之运动。倘能继长增高，其将来收效之伟大且久远者，可无疑也。吾党欲收革命之成功，必有赖于思想之变化，兵法攻心，语曰革心，皆此之故，故此种新文化运动，实为最有价值之事。
>
> ——孙中山先生《致海外国民党同志书》

孙先生看出五四运动中的学生，因教育的影响，激于义愤，可以不顾一切而为国家牺牲；深信思想革命，在一切革命中，最关紧急；故拟创办一个最大的与最新式的印刷机关，尽量作思想上的宣传工夫；即在他自身的工作上，亦可看出这一点来。民国八年以前，孙先生奔走各处，专心政治运动，对于著作上的工作，尚付阙如，只有《民权初步》及《实业计划》二部分的著作，于民国八年以前作成；民国八年以后，他的革命方向，大大转变了，集中心力，专事著作，他的伟大著作，皆于此时告成。这是什么缘故呢？就因为他认定思想革命的势力，高过一切，革命如欲成功，非先从思想方面入手不可，此种倾向，亦就因为受着五四运动的影响的结果。

五四运动为一种事实上的表现，证明历史上的一大原则，亦可名之曰历史上的一个公式。什么公式呢？

凡在变态的社会与国家内，政治太腐败了，而无代表民意机关存在着；那么，干涉政治的责任，必定落在青年学生身上了。

这是一个最正确的公式，古今中外，莫能例外。试观中国的历史，东汉末年，宦官跋扈，政治腐败，朝廷上又无代表民意的机关，于是有太学学生三万人，危言正论，不避豪强；其结果，终于造成党锢之祸，牵连被捕死徙废禁的，不下六七百人。又如北宋末年，金人南犯，钦宗引用奸人，罢免李纲以谢金人，政治腐败，达于极点，于是有太学生陈东及都人数万，到阙下请复用李纲，钦宗不得已，只好允许了。又如清末"戊戌政变"，主动的人，即是青年学生；革命起义，同盟会中人，又皆为年青的学生；此为中国历史上的证据。又观西洋历史，中古时代，政治腐化，至于极点，创议改革者，即为少年学生；1848年，为全欧革命的一年，主动的人皆为一班少年学生，到处抛掷炸弹，开放手枪，有被执者，非遭死戮，即被充军，然其结果，仍不能压倒热烈的青年运动，亦唯此种热烈青年运动，革命事业，才有成功之一日。是以西洋的历史，又足证明上面所说的一个公式。

反转来讲，如果在常态的社会与国家内，国家政治，非常清明，且有各种代表民意的机关存在着；那么，青年学生，就无需干预政治了，政治的责任，就要落在一班中年人的身上去了。试观英美二国的青年，他们所以发生兴趣，只是足球、篮球、棍球等等，比赛时候，各人兴高采烈，狂呼歌曲；再不然，他们就去寻找几个女朋友，往外面去跳舞，去看戏，享尽少年幸福。若有人和他们谈起政治问题，他们必定不生兴趣，他们所作的，只是少年人的事。他们之所以能够安心读书，安心过少年幸福者，就因为他们的政治，非常清明，他们的政治，有中年的人去负责任之故。故自反面立论，又足证实上面所讲的历史上的公式。

自从五四运动以来，中国的青年，对于社会和政治，总算不曾放弃责任，总是热热烈烈的与恶化的挣扎；直到近来，因为有些地方，过分一点，当局认为不满，因而丧掉生命的，屡见不鲜。青年人的牺牲，实在太大了！他们非独牺牲学业，牺牲精神，牺牲少年的幸福，连到他们自己的生命，一并牺牲在内了；而尤以25岁以下的青年学生，牺牲最大。例如前几天报上揭载武汉地方，有二百余共产党员，同时受戮，查其年龄，几皆在25岁以下，且大多数为青年女子。照人道讲来，他们应该处处受社会的保障，他们的意志，尚未成熟，他们的行动，自己不负责任，故在外国，偶遇少年犯罪，法官另外优待，减刑一等，以示宽惠。中国的青年，如此牺牲，实在牺牲太大了！为此之故，所以中国国民党在第四次全体会议中所议决的中央宣传部宣传大纲内有一段，即有禁止青年学生干预政治的表示。意谓年青学生，身体尚未发育完全，学问尚无根底，意志尚未成熟，干预政治，每易走入歧途，故以脱离政治运动为妙。

个人自由与社会进步

　　5月5日《大公报》的星期论文是张熙若先生的《国民人格之修养》。这篇文字也是纪念"五四"的，我读了很受感动，所以转载在这一期。我读了张先生的文章，也有一些感想，写在这里作今年五四纪念的尾声。

　　这年头是"五四运动"最不时髦的年头。前天五四，除了北京大学依惯例还承认这个北大纪念日之外，全国的人都不注意这个日子了。张熙若先生"雪中送炭"的文章使人颇吃一惊。他是政治哲学的教授，说话不离本行，他指出五四运动的意义是思想解放，思想解放使得个人解放，个人解放产出的政治哲学是所谓个人主义的政治哲学。他充分承认个人主义在理论上和事实上都有缺点和流弊，尤其在经济方面。但他指出个人主义自有它的优点：最基本的是它承认个人是一切社会组织的来源。他又指出个人主义的政治理论的神髓是承认个人的思想自由和言论自由。他说：

　　　　个人主义在理论上及事实上都有许多缺陷和流弊，但以个人的良心为判断政治上是非之最终标准，却毫无疑义是它的最大优点，是它的最高价值。……至少，他还有养成忠诚勇敢的人格的用处。此种人格在任何政制下（除过与此种人格根本冲突的政制）都是有无上价值的，都应该大量的培养的。……今日若能多多培养此种人材，国事不怕没有人担负。救国是一种伟大的事业，伟大的事业惟有有伟大人格者才能胜任。

张先生的这段议论，我大致赞同。他把"五四运动"一个名词包括"五四"（民国八年）前后的新思潮运动，所以他的文章里有"民国六七年的五四运动"一句话。这是五四运动的广义，我们也不妨沿用这个广义的说法。张先生所谓"个人主义"，其实就是"自由主义"（Liberalism）。我们在民国八九年之间，就感觉到当时的"新思潮""新文化""新生活"有仔细说明意义的必要。无疑的，民国六七年北京大学所提倡的新运动，无论形式上如何五花八门，意义上只是思想的解放与个人的解放。蔡元培先生在民国元年就提出"循思想自由言论自由之公例，不以一流派之哲学一宗门之教义梏其心"的原则了。他后来办北京大学，主张思想自由、学术独立、百家平等。在北京大学里，辜鸿铭、刘师培、黄侃和陈独秀、钱玄同等同时教书讲学。别人颇以为奇怪，蔡先生只说："此思想自由之通则，而大学之所以为大也。"（《言行录》页二二九）这样百家平等，最可以引起青年人的思想解放。我们在当时提倡的思想，当然很显出个人主义的色彩。但我们当时曾引杜威先生的话，指出个人主义有两种：

（1）假的个人主义就是为我主义（Egoism），他的性质是只顾自己的利益，不管群众的利益。

（2）真的个人主义就是个性主义（Individuality），他的特性有两种：一、是独立思想，不肯把别人的耳朵当耳朵，不肯把别人的眼睛当眼睛，不肯把别人的脑力当自己的脑力。二、是个人对于自己思想信仰的结果要负完全责任，不怕权威，不怕监禁杀身，只认得真理，不认得个人的利害。

这后一种就是我们当时提倡的"健全的个人主义"。我们当日介绍易卜生（Ibsen）的著作，也正是因为易卜生的思想最可以代表那种健全的个人主义。这种思想有两个中心见解：第一是充分发展个人的才能，就是易卜生说的："你要想有益于社会，最好的法子莫如把你自己这块材料铸造成器。"第二是要造成自由独立的人格，像易卜生的《国民公敌》（今译《人民公敌》）戏剧里的斯铎曼（今译斯多克芒）医生那样"贫贱不能移，富贵不能淫，威武不能屈"。这就是张熙若先生说的"养成忠诚勇敢的人格"。

近几年来，五四运动颇受一班论者的批评，也正是为了这种个人主义的人生观。平心说来，这种批评是不公道的，是根据于一种误解的。他们说个人主义的人生观是资本主义社会的人生观。这是滥用名词的大笑话。难道在社会主义的国家里就可以不用充分发展个人的才能了吗？难道社会主义的国家里就用不着有独立自由思想的个人了吗？难道当时辛苦奋斗创立社会主义共产主义的志士仁人都是资本主义社会的奴才吗？我们试看苏俄现在怎样用种种方法来提倡个人的努力（参看《独立》第一二九号西滢的《苏俄的青年》，和蒋廷黻的《苏俄的英雄》），就可以明白这种人生观不是资本主义社会所独有的了。

还有一些人嘲笑这种个人主义，笑它是十九世纪维多利亚时代的过时思想。这种人根本就不懂得维多利亚时代是多么光华灿烂的一个伟大时代。马克思、恩格斯，都生死在这个时代里，都是这个时代的自由思想独立精神的产儿。他们都是终身为自由奋斗的人。我们去维多利亚时代还老远哩。我们如何配嘲笑维多利亚时代呢！

所以我完全赞同张熙若先生说的"这种忠诚勇敢的人格在任何政制下都是有无上价值的，都应该大量的培养的"。因为这种人格是社会进步的最大动力。欧洲十八九世纪的个人主义造出了无数爱自由过于面包，爱真理过于生命的特立独行之士，方才有今日的文明世界。我们现在看见苏俄的压迫个人自由思想，但我们应该想想，当日在西伯利亚冰天雪地里受监禁拘囚的十万革命志士，是不是新俄国的先锋？我们到莫斯科去看了那个很感动人的"革命博物馆"，尤其是其中展览列宁一生革命历史的部分，我们不能不深信：一个新社会、新国家，总是一些爱自由爱真理的人造成的，决不是一班奴才造成的。

张熙若先生很大胆的把五四运动和民国十五六年的国民革命运动相提并论，并且很大胆的说这两个运动走的方向是相同的。这种议论在今日必定要受不少的批评，因为有许多人决不肯承认这个看法。平心说来，张先生的看法也不能说是完全正确。民国十五六年的国民革命运动至少有两点是和民国六七八年的新运动不同的：一是苏俄输入的党纪律，一是那几年的极端民族主义。苏俄输入的铁纪律含有绝大的"不容忍"（Intoleration）的态度，不容许异己的思想，这种态度是和我们在五四前后提倡的自由主义很相反的。

"五四"运动虽然是一个很纯粹的爱国运动，但当时的文艺思想运动却不是狭义的民族主义运动。蔡元培先生的教育主张是显然带有"世界观"的色彩的（《言行录》一九七页）。《新青年》的同人也都很严厉的批评指斥中国旧文化。其实孙中山先生也是抱着大同主义的，他是信仰"天下为公"的理想的。但中山先生晚年屡次说起鲍洛庭同志劝他特别注重民族主义的策略，而民国十四五年的远东局势，又逼我们中国人不得不走上民族主义的路。十四年到十六年的国民革命的大胜利，不能不说是民族主义的旗帜的大成功。可是民族主义有三个方面：最浅的是排外，其次是拥护本国固有的文化，最高又最艰难的是努力建立一个民族的国家。因为最后一步是最艰难的，所以一切民族主义运动往往最容易先走上前面的两步。济南惨案以后，九一八以后，极端的叫嚣的排外主义稍稍减低了，然而拥护旧文化的喊声又四面八方的热闹起来了。这里面容易包藏守旧开倒车的趋势，所以也是很不幸的。

在这两点上，我们可以说，民国十五六年的国民革命运动，是不完全和五四运动同一个方向的。但就大体上说，张熙若先生的看法也有不小的正确性。孙中山先生是受了很深的安格鲁撒克逊民族的自由主义的影响的，他无疑的是民治主义的信徒，又是大同主义的信徒。他一生奋斗的历史都可以证明他是一个爱自由爱独立的理想主义者。我们看他在民国九年一月《与海外同志书》里那样赞扬五四运动，那样承认"思想之转变"为革命成功的条件；我们更看他在民国十三年改组国民党时那样容纳异己思想的宽大精神，——我们不能不承认，至少孙中山先生理想中的国民革命是和五四运动走同一方向的。因为中山先生相信"革命之成功必有赖于思想之转变"，所以他能承认五四运动前后的"新文化运动实为最有价值的事"。思想的转变是在思想自由言论自由的条件之下个人不断的努力的产儿。个人没有自由，思想又何从转变，社会又何从进步，革命又何从成功？

人权与约法

4月20日国民政府下了一道保障人权的命令，全文是：

> 世界各国人权均受法律之保障。当此训政开始，法治基础亟宜确立。凡在中华民国法权管辖之内，无论个人或团体均不得以非法行为侵害他人身体，自由，及财产。违者即依法严行惩办不贷。着行政司法各院通饬一体遵照。此令。

在这个人权被剥夺几乎没有丝毫余剩的时候，忽然有明令保障人权的盛举，我们老百姓自然是喜出望外。但我们欢喜一阵之后，揩揩眼镜，仔细重读这道命令，便不能不感觉大失所望。失望之点是：

第一，这道命令认"人权"为"身体，自由，财产"三项，但这三项都没有明确规定。就如"自由"究竟是哪几种自由？又如"财产"究竟受怎样的保障？这都是很重要的缺点。

第二，命令所禁止的只是"个人或团体"，而并不会提及政府机关。个人或团体固然不得以非法行为侵害他人身体自由及财产，但今日我们最感觉痛苦的是种种政府机关或假借政府与党部的机关侵害人民的身体自由及财产。如今日言论出版自由之受干涉，如各地私人财产之被没收，如今日各地电气工业之被没收，都是以政府机关的名义执行的。4月20日的命令对于这一方面完全没有给人民什么保障。这岂不是"只许州官放火，不许百姓点灯"吗?

第三,命令中说,"违者即依法严行惩办不贷",所谓"依法"是依什么法?我们就不知道今日有何种法律可以保障人民的人权。中华民国刑法固然有"妨害自由罪"等章,但种种妨害若以政府或党部名义行之,人民便完全没有保障了。

果然,这道命令颁布不久,上海各报上便发现"反日会的活动是否在此命令范围之内"的讨论。日本文的报纸以为这命令可以包括反日会(改名救国会)的行动;而中文报纸如《时事新报》畏垒先生的社论则以为反日会的行动不受此命令的制裁。

岂但反日会的问题吗?无论什么人,只须贴上"反动分子""土豪劣绅""反革命""共党嫌疑"等等招牌,便都没有人权的保障。身体可以受侮辱,自由可以完全被剥夺,财产可以任意宰割,都不是"非法行为"了。无论什么书报,只须贴上"反动刊物"的字样,都在禁止之列,都不算侵害自由了。无论什么学校,外国人办的只须贴上"文化侵略"字样,中国人办的只须贴上"学阀""反动势力"等等字样,也就都可以封禁没收,都不算非法侵害了。

我们在这种种方面,有什么保障呢?

我且说一件最近的小事,事体虽小,其中含着的意义却很重要。

3月26日上海各报登出一个专电,说上海特别市党部代表陈德征先生在三全大会提出了一个《严厉处置反革命分子案》。此案的大意是责备现有的法院太拘泥证据了,往往使反革命分子容易漏网。陈德征先生提案的办法是:

> 凡经省党部及特别市党部书面证明为反革命分子者,法院或其他法定之受理机关应以反革命罪处分之。如不服,得上诉。惟上级法院或其他上级法定之受理机关,如得中央党部之书面证明,即当驳斥之。

这就是说,法院对于这种案子,不须审问,只凭党部的一纸证明,便须定罪处刑。这岂不是根本否认法治了吗？

我那天看了这个提案，有点忍不住，便写了封信给司法院长王宠惠博士，大意是问他"对于此种提议作何感想"，并且问他"在世界法制史上，不知在哪一世纪哪一个文明民族曾经有这样一种办法，笔之于书，立为制度的吗？"

我认为这个问题是值得大家注意的，故把信稿送给国闻通信社发表。过了几天，我接得国闻通信社的来信，说：

昨稿已为转送各报，未见刊出，闻已被检查者扣去。兹将原稿奉还。

我不知道我这封信有什么军事上的重要而竟被检查新闻的人扣去。这封信是我亲自负责署名的。我不知道一个公民为什么不可以负责发表对于国家问题的讨论。

但我们对于这种无理的干涉，有什么保障呢？

又如安徽大学的一个学长，因为语言上挺撞了蒋主席，遂被拘禁了多少天。他的家人朋友只能到处奔走求情，决不能到任何法院去控告蒋主席。只能求情而不能控诉，这是人治，不是法治。

又如最近唐山罢市的案子，其起原是因为两益成商号的经理杨润普被当地驻军指为收买枪枝，拘去拷打监禁。据4月28日《大公报》的电讯，唐山总商会的代表十二人到一百五十二旅去请求释放，军法官不肯释放。代表等辞出时，正遇兵士提杨润普入内，"时杨之两腿已甚拥肿，并有血迹，周身动转不灵，见代表等则欲哭无泪，语不成声，其凄惨情形，实难尽述"。但总商会及唐山商店八十八家打电报给唐生智，也只能求情而已；求情而无效，也只能相率罢市而已。人权在哪里？法治在哪里？

我写到这里，又看见5月2日的《大公报》，唐山全市罢市的结果，杨润普被释放了。"但因受刑过重，已不能行走，遂以门板抬出，未回两益成，直赴中华医院医治。"《大公报》记者亲自去访问，他的记载中说：

……见杨润普前后身衣短褂，血迹模糊。衣服均粘于身上，经医生施以手术，始脱下。记者当问被捕后情形，杨答，苦

不堪言，曾用旧时惩治盗匪之压杠子，余实不堪其苦。正在疼痛

难忍时，压于腿上之木杠忽然折断。旋又易以竹板，周身抽打，

移时亦断。时刘连长在旁，主以铁棍代木棍。郑法官恐生意外，

未果。此后每讯必打，至今周身是伤。据医生言，杨伤过重，非

调养三个月不能复原。

这是人权保障的命令公布后11日的实事。国民政府诸公对于此事不知作何感想？

我在上文随便举的几件实事，都可以指出人权的保障和法治的确定决不是一纸模糊命令所能办到的。

法治只是要政府官吏的一切行为都不得逾越法律规定的权限。法治只认得法律，不认得人。在法治之下，国民政府的主席与唐山一百五十二旅的军官都同样的不得逾越法律规定的权限。国民政府主席可以随意拘禁公民，一百五十二旅的军官自然也可以随意拘禁拷打商人了。

但是现在中国的政治行为根本上从没有法律规定的权限，人民的权利自由也从没有法律规定的保障。在这种状态之下，说什么保障人权！说什么确立法治基础！

在今日如果真要保障人权，如果真要确立法治基础，第一件应该制定一个中华民国的宪法。至少，至少，也应该制定所谓训政时期的约法。

孙中山先生当日制定《革命方略》时，他把革命建国事业的措施程序分作三个时期：

第一期为军法之治（三年）。

第二期为约法之治（六年）……"凡军政府对于人民之权利义务，及人民对于军政府之权利义务，悉规定于约法。军政府与地方议会及人民各循守之。有违法者，负其责任。……"

第三期为宪法之治。

《革命方略》成于丙午年（1906），其后续有修订。至民国八年中山

先生作《孙文学说》时，他在第六章里再三申说"过渡时期"的重要，很明白地说"在此时期，行约法之治，以训导民人，实行地方自治"。至民国十二年一月，中山先生作《中国革命史》时，第二时期仍名为"过渡时期"，他对于这个时期特别注意。他说：

> 第二为过渡时期。在此时期内，施行约法（非现行者），建设地方自治，促进民权发达。以一县为自治单位，每县于散兵驱除战事停止之日，立颁约法，以规定人民之权利义务，与革命政府之统治权。以三年为限，三年期满，则由人民选举其县官。……革命政府之对于此自治团体只能照约法所规定而行其训政之权。

又过了一年之后，当民国十三年四月中山先生起草《建国大纲》时，建设的程序也分作三个时期，第二期为"训政时期"。但他在《建国大纲》里不曾提起训政时期的"约法"，又不曾提起训政时期的年限，不幸一年之后他就死了，后来的人只读他的《建国大纲》，而不研究这"三期"说的历史，遂以为训政时期可以无限地延长，又可以不用约法之治，这是大错的。

中山先生的《建国大纲》虽没有明说"约法"，但我们研究过他民国十三年以前的言论，可以知道他决不会相信统治这样一个大国可以不用一个根本大法的。况且《建国大纲》里遗漏的东西多着哩。如廿一条说"宪法未颁布以前，各院长皆归总统任免"，是训政时期有"总统"，而全篇中不说总统如何产生。又如民国十三年一月国民党第一次代表大会宣言已有"以党为掌握政权之中枢"的话，而是年四月十二中山先生草定《建国大纲》全文廿五条中没有一句话提到一党专政的。这都可见《建国大纲》不过是中山先生一时想到的一个方案，并不是应有尽有的，也不是应无尽无的。《大纲》所有，早已因时势而改动了（如十九条五院之设立在宪政开始时期，而去年已设立五院了）。《大纲》所无，又何妨因时势的需要而设立呢？

我们今日需要一个约法，需要中山先生说的"规定人民之权利义务与革命政府之统治权"的一个约法。我们要一个约法来规定政府的权限：过此权限，便是"非法行为"。我们要一个约法来规定人民的"身体，自由，及财产"的保障：有侵犯这法定的人权的，无论是一百五十二旅的连长或国民政府的主席，人民都可以控告，都得受法律的制裁。

我们的口号是：

快快制定约法以确定法治基础！

快快制定约法以保障人权！

时间不值钱

我回中国所见的怪现状，最普通的是"时间不值钱"，中国人吃了饭没有事做，不是打麻雀，便是打"扑克"，有的人走上茶馆，泡了一碗茶，便是一天了。有的人拿一只鸟儿到处逛逛，也是一天了。更可笑的是朋友去看朋友，一坐下便生了根了，再也不肯走，有事商议，或是有话谈论，倒也罢了，其实并没有可议的事，可说的话。我有一天在一位朋友处有事，忽然来了两位客，是□□馆的人员，我的朋友走出去会客，我因为事没有完，便在他房里等他。我以为这两位客一定是来商议这□□馆中这什么要事的。不料我听得他们开口道："□□先生，今回是打津浦火车来的，还是坐轮船来的？"我的朋友说是坐轮船来的，这两位客接着便说轮船怎样不便，怎样迟缓，又从轮船上谈到铁路上，从铁路上又谈到现在中交两银行的钞洋跌价。因此又谈到梁任公的财政本领。又谈到梁士诒的行踪去迹。……谈了一点多钟，没有谈上一句要紧的话。后来我等的没法了，只好叫听差的去请我的朋友。那两位客还不知趣，不肯就走。我不得已，只好跑了，让我的朋友去领教他们的"二梁优劣论"罢。

美国有一位大贤名弗兰克令（Benjamin Franklin）（今译富兰克林）的曾说道："时间乃是造成生命的东西。"时间不值钱，生命自然也不值钱了。上海那些拣茶叶的女工，一天拣到黑至多不过二百个钱，少的不过得五六十钱！茶叶店的伙计，一天做十六七点钟的工，一个月平均只拿得两三块钱！还有那些工厂的工人，更不用说了。还有那些更下等，更苦痛的工作，更不用说了。人力那样不值钱，所以卫生也不讲究，医药也不讲究。我在北京、上海看那些小店铺里和穷人家里的种种不卫生，真是一种黑暗世界，至于道路的不洁净，瘟疫的横行，更不消说了。最可怪的是无论阿猫阿狗都可挂牌医病，医死了人，也没有怨恨，也没有人干涉。人命的不值钱，真可算得到了极端了。

新年的好梦

今年是统一后的第一年，我们做老百姓的，在庆祝新年的热闹里，总不免有时要白昼做梦，想像我们今年可以眼见的好现象，想像我们今年可以身受的好福气。

好梦人人有，我也不让别人，今天写出来，给全国同胞祝福。

第一，我们梦想今年全国和平，没有一处刀兵。各位武装领袖如有什么争执，都可以从容讨论，平和解决。各位长衫同志有饭的吃饭，有粥的吃粥，服务的服务，出洋考察的出洋考察，都不必去东挑西拨，惹是生非，让我们老百姓过一年和平的日子。

第二，我们梦想今年全国裁兵，——有计划的裁兵，确确实实的裁兵。我们梦想今年的"编遣会议"不单是一个巨头会议，应该有经济专家，农垦专家，工商代表，财政专家，参预裁兵的计划。现在每月一千八百万的军费若不减去一大半，我们休想做太平的梦。

第三，我们梦想今年关税新税则实行后，一切苛捐杂税可以完全取消。十七年召集的裁厘委员会议议决的"裁撤国内通过税施行大纲"所决定裁撤的十一项通过税（厘金，落地税，铁路货捐，邮包厘金，常关税，子口税，等等），本应于十七年底裁撤完毕，我们梦想他们今年都可以次第裁了。

　　第四，我们梦想新成立的铁道部在本年内能做到下列几项成绩：（1）把全国已成铁路收为真正国有，不许仍旧归军人有。（2）把各路收入完全用在各路的建设事业上。（3）筹划几条不容再缓的干路，在本年内可以开工。前一个月在各报上看见"胶济路本年度收入状况"的报告，说这条路在日本人势力之下，本年度收入骤增，可得利银四百七十万元，可还欠款二百四十万元，所余纯利尽供本路建设事业之用。我们希望在这一点上能学学帝国主义者的行为。

　　第五，我们梦想今年全国实行禁绝鸦片。年内喧传一世的江安轮船运土案，现在归中央审判，自然会水落石出，公道大彰，这是不用我们老百姓梦中烦心的。我们只梦想禁烟主席委员张之江能有前年常荫槐整理京奉路时的威权，能有全权，有兵力，指挥自如，使鸦片之祸永绝于中国，岂不美哉！

　　第六，我们梦想今年大家有一点点自由。孙中山先生说政府是诸葛亮，国民是阿斗。政府诸公诚然都是诸葛亮，但在这以党治国的时期，我们老百姓却不配自命阿斗。可是我们乡下人有句古话道："三个臭皮匠，赛过诸葛亮。"诸位诸葛亮先生们运筹决胜，也许有偶然的错误。也许有智者千虑之一失。倘然我们一班臭皮匠有一点点言论出版的自由，偶然插一两句嘴，偶尔指点出一两处错误，偶尔诉一两桩痛苦，大概也无损于诸葛亮先生的尊严吧？

　　好梦说的口角流涎，只不知几成有准。好在日子长呢，咱们瞧罢。

中国文化里的自由传统

今天我看见这么多朋友来听我说话，觉得非常感动。无论什么人，见到这么多人的欢迎，都一定会非常感动的。我应该向诸位抱歉。我本来应该早一个月来，因为有点小病，到今天才能来，并且很抱歉这次不能去台南、台东去看看五十年前我住过的地方，只有希望等下次来时再去。今天因为黄先生、游先生要我事先确定一个题目"中国文化里的自由传统"。这个题目也可改做"中国文化传统的自由主义"。"自由"这个意义，这个理想，"自由"这个名词，并不是外面来的，不是洋货，是中国古代就有的。

"自由"可说是一个倒转语法，可把它倒转回来为"由自"，就是"由于自己"，就是"由自己做主"，不受外来压迫的意思。宋朝王安石有首白话诗：

> 风吹屋顶瓦，正打破我头。
>
> 我终不恨瓦，此瓦不自由。

这可表示古代人对于自由的意义，就是"自己作主"的意思。

二千多年有记载的历史，与三千多年所记载的历史，对于自由这种权利，自由这种意义，也可说明中国人对于自由的崇拜，与这种意义的推动。世界的自由主义运动也是爱自由，争取自由，崇拜自由。世界的历史中，对这一运动的努力与贡献，有早有晚，有多有少，但对此运动都有所贡献。中国对于言论自由、宗教自由、批评政府的自由，在历史上都有记载。

中国从古代以来都有信仰、思想、宗教等自由，但是坐监牢而牺牲生命以争取这些自由的人，也不知有多多少少。在中国古代有一种很奇怪的制度，就是谏官制度，相当于现在的监察院。这种谏官制度，成立在中国政治思想、哲学思想之前。这种谏官为的是要监督政府，批评政府，都是冒了很大的危险，甚至坐监，牺牲生命。古时还有人借宗教来批评君主。在《孝经》中就有一章《谏诤章》，要人为"争臣""争子"。《孝经》本是教人以服从孝顺，但是在君王父亲有错时，作臣子的不得不力争。古代这种谏官制度，可以说是自由主义的一种传统，就是批评政治的自由。此外，在中国古代还有一种史官，就是记载君王的行动，记载君王所行所为以留给千千万万年后的人知道。古代齐国有一个史官，为了记载事实写下"崔杼弑其君"，连父母均被君主所杀。但到了晋国，事实真像依然为史官写出，留传后世。所以古代的史官，正如现在的记者，批评政治，使为政者有所畏惧，这却充分表示言论的自由。

以上所说的一种谏官御史，与史官制度，都可以说明在中国政治思想与哲学思想尚未成立时，就非常尊重批评自由，与思想自由。

中国思想的先锋老子与孔子，也可以说是自由主义者。老子说："民不畏死，奈何以死惧之？"孔子说："三军可夺帅也，匹夫不可夺志也。"老子所代表的"无为政治"，有人说这就是无政府主义，反对政府干涉人民，让人民自然发展，这与孔子所代表的思想都是自由主义者。孔子所说的中庸之道，实在是一个中间偏左的态度，这可从孔子批评当时为政的人的态度而知道。孔子当时提出："有教无类"，可解释为"有了教育就没有阶级，没有界限"。这与后来的科举制度，都能说明"教育的平等"。这种意见，都可以说是一种自由主义者的思想。

孟子说："民为贵，君为轻。"在二三千年前，这种思想能被提出，实在是一个重要的自由主义者的传统。孟子说："富贵不能淫，贫贱不能移，威武不能屈"。这是孟子给读书人一种宝贵的自由主义的精神。

在春秋时代，因为国家多，"自由"的思想与精神比较发达。秦朝统一以后，思想一尊，因为自由受到限制，追求自由的人，处于这"无所逃于天地之间"的环境中，要想自由实在困难，而依然有人在万难中不断追求。在东汉时，主充著过一部《论衡》，共八十篇，主要的用意可以一句说明"疾虚妄"。全书都以说老实话的态度，对当时儒教"灾异"迷信，予以严格的批评，对孔子与孟子都有所批评，可说是从帝国时代中开辟了自由批评的传统。再举一个例：在东汉到南北朝佛教极盛的时候，其中的一位君王梁武帝也迷信佛教。当时有个范缜，他著述几篇重要文章，其中一篇《神灭论》，就是驳斥当时盛行的灵魂不灭，认为"身体"与"灵魂"，有如"刀"之与"利"。假如刀不存在，则无所谓利不利。当时君王命七十位大学士反驳，君主自己也有反驳，他都不屈服，可说是一种思想自由的一个表现。再如唐朝的韩愈，他反抗当时疯狂的迷信。写了一篇《谏迎佛骨表》，痛骂当时举国为佛骨而疯狂的事，而被充军到东南边区。后又作《原道》，依然是反对佛教。在当时佛教如此极盛，他依然敢反对，这正是自由主义的精神。再以后如王阳明的批评朱熹，批评政治，而受到很多苦痛。清朝有"颜李学派"，反对当时皇帝提倡的"朱子学派"，都可以说明在一种极不自由的时代，而争取思想自由的例子。

在中国这二千多年的政治思想史、哲学思想史、宗教思想史中，都可以说明中国自由思想的传统。

今天已经到了一个危险的时代，已经到了"自由"与"不自由"的斗争，"容忍"与"不容忍"的斗争，今天我就中国三千多年的历史，我们老祖宗为了争政治自由、思想自由、宗教自由、批评自由的传统，介绍给各位，今后我们应该如何的为这自由传统而努力。现在竟还有人说风凉话，说"自由"是有产阶级的奢侈品，人民并不需要自由。假如有一天我们都失去了"自由"，到那时候每个人才真正会觉到自由不是奢侈品，而是必需品。

我们要我们的自由

佛书里有这样一段神话：

有一只鹦鹉，飞过雪山，遇见雪山大火，他便飞到水上，垂下翅膀，沾了两翅的水，飞回去滴在火焰上。滴完了，他又飞去取了水回来救火。雪山的大神看他往来滴水救火，对他说道："你那翅膀上的几滴水怎么救得了这一山的大火呢？你歇歇罢。"鹦鹉回答道："我曾住过这山，现在见火烧山，心里有点不忍，所以尽一点力。"山神听了，感他的诚意，遂用神力把火救熄了。

我们现在创办这个刊物，也只因为我们骨头烧成灰毕竟都是中国人，在这个国家吃紧的关头，心里有点不忍，所以想尽一点力。我们的能力是很微弱的，我们要说的话也许是有错误的，但我们这一点不忍的心也许可以得着国人的同情和谅解。

近两年来，国人都感觉舆论的不自由。在"训政"的旗帜之下，在"维持共信"的口号之下，一切言论自由和出版自由都得受种种的箝（钳）制。异己便是反动，批评便是反革命。报纸的新闻和议论至今还受检查。稍不如意，轻的便停止邮寄，重的便遭封闭。所以今日全国之大，无一家报纸杂志敢于有翔实的记载或善意的批评。

负责任的舆论机关既被箝制了，民间的怨愤只有三条路可以发泄：一是秘密的传单小册子，二是匿名的杂志文字，三是今日最流行的小报。社会上没有翔实的新闻可读，人们自然愿意向小报中去寻快意的谣言了。善良的批评既然绝迹，自然只剩一些恶意的谩骂和丑诋了。

一个国家里没有纪实的新闻而只有快意的谣言，没有公正的批评而只有恶意的谩骂和丑诋，——这是一个民族的大耻辱。这都是摧残言论出版自由的当然结果。

我们是爱自由的人，我们要我们的思想自由，言论自由，出版自由。

我们不用说，这几种自由是一国学术思想进步的必要条件，也是一国社会政治改善的必要条件。

我们现在要说，我们深深感觉国家前途的危险，所以不忍放弃我们的思想言论的自由。

我们的政府至今还在一班没有现代学识没有现代训练的军人政客的手里。这是不可讳的事实。这个政府，在名义上，应该受一个政党的监督指导。但党的各级机关大都在一班没有现代学识没有现代训练的少年党人手里，他们能贴标语，能喊口号，而不足以监督指导一个现代的国家。这也是不可讳的事实。所以在事实上，党不但不能行使监督指导之权，还往往受政府的支配。最近开会的"第三次全国代表大会"，便有百分之七八十的代表是政府指派或圈定的。所以在事实上，这个政府是绝对的，是没有监督指导的机关的。

以一班没有现代知识训练的人统治一个几乎完全没有现代设备的国家，而丝毫没有监督指导的机关，——这是中国当前的最大危机。

我们所以要争我们的思想言论出版的自由，第一，是要想尽我们的微薄能力，以中国国民的资格，对于国家社会的问题作善意的批评和积极的讨论，尽一点指导监督的天职；第二，是要借此提倡一点新风气，引起国内的学者注意国家社会的问题，大家起来做政府和政党的指导监督。

我们深信，不负责任的秘密传单或匿名文字都不是争自由的正当方法。我们所争的不是匿名文字或秘密传单的自由，乃是公开的，负责任的言论著述出版的自由。

我们深信，争自由的方法在于负责任的人说负责任的话。

我们办这个刊物的目的便是以负责任的人对社会国家的问题说负责任的话。我们用自己的真姓名发表自己良心上要说的话。有谁不赞成我们的主张，尽可以讨论，尽可以批评，也尽可以提起法律上的控诉。但我们不受任何方面的非法干涉。

这是我们的根本态度。

思想革命与思想自由

建设时期中最根本的需要是思想革命，没有思想革命，则一切建设皆无从谈起。而要完成思想革命，第一步即须予人民以思想的自由。

诸君或者要想：题目的本旨是建设，而你却谈思想革命，这未免太矛盾了。实则建设与革命，皆除旧布新之谓，无建设不是革命，无革命不能建设，思想革命与建设的本旨是并不违反的。

思想何以须革命呢？

（一）因为中国的传统思想，有许多不合于现代的需要，非把它铲除不可。

（二）因为传统的思想方法和思想习惯亦不合于现代的需要，非把它改革不可。

中国古来思想之最不适合于现代的环境的，就是崇尚自然。这种思想，历经老、庄、儒、释、道等之提倡，已经根深蒂固，成为中国人的传统思想。现在把它分析起来，则有下列几项：

（一）无为。老庄等皆主清净无为，以为自然比人为好，即儒家亦有此种倾向，如说"夫何言哉。四时行焉，百物生焉"。然而这种思想，却与现代环境的需要相反背。

（二）无治。现在的社会需要法律和纪律，而老庄之流则提倡无政府的思想，一切听诸自然。这种思想影响人民的生活者很深，驯致养成"各人自扫门前雪，莫管他人瓦上霜"的态度。

（三）高谈性理。现在的人们需要征服自然，而传统思想，则令吾人听天由命，服从自然的摆布。

（四）无思无虑。惟有思虑，然后有新智识，传统思想则令吾人减少思虑，以不求知为大智，因此科学遂无由发达。

（五）不争不辩。现在的环境，需要人人参与政治，敢于发表舆论，主张公理。传统思想则令吾人得过且过，忘怀一切。"此亦一是非，彼亦一是非"，无所用其争辩。以实行唾面自干，为无上的美德。这种思想与时代精神根本不能相容。

（六）知足。不知足乃进步之母，崇拜自然者叫人随遇而安，断了腿，失了臂，也听其自然，这样社会还有进步的可能吗？

以上几种传统思想，与现在中国的环境根本上不相容，故需要思想革命以铲除之。至于传统的思想方法和习惯，也有很多不合现代需要的地方：

（一）镜子式的思想。"寂然不动，感而遂通"，自己不用力，物来则顺应之，这样可谓镜子式的思想。其流弊便是不求甚解，不加深思，只会拾人牙慧，随声附和。

（二）根本上不思想。思想所以解决问题，须要搜集材料，寻求证据，提出反证，再加上分析试验的工夫，是何等的难。然而从前的思想方法，并没有这些步骤，根本上竟是不思想，因此学术不能猛进。

（三）高谈主义而不研究。当此世界各种思想杂然繁兴的时候，国人的思想方法，仍沿旧时的习惯，于是发生种种不良的现象，人家经多年的研究，经几次的修正，始成立一种学说，一种主义，到了我国，便被人生吞活剥，提出几个标语口号，便胡行妄为起来。即以社会思想为例，各国的社会主义者，都研究本国经济发展的过程，社会上种种制度的沿革，以寻求一个改良的方案。返（反）观我国一般人肯这样潜心研究的有几人呢。

（四）要纠正前述的弊病，今后必须尊重专家，延请专家去顾问政治，解决难题；没有专门研究的人，不配担负国家和社会的重要责任。从前袁世凯废止科举，把我国千余年来仅有的一种用人标准根本推翻了。他不想到改良考试的标准，而贸然把考试制度的本身推翻，弄得现在没有一种用人的标准，都是不深思之过。

现在要讲思想自由。从前的弊端既在于不思想，或没有深的思想，那么纠正之道便是思想之，而思想自由就是鼓励思想的最好方法。无论古今中外，凡思想可以自由发表，言论不受限制的时候，学术就能进步，社会就能向上，反之则学术必要晦塞，社会必要退化。现在中国事事有待于建设，对于思想应当竭力鼓励之，决不可加以压抑。因为今日没有思想的自由，结果就没有真正的思想，有之则为：（一）谄媚阿谀的思想，（二）牢骚怨愤的思想。这两种思想，是只能破坏，不能建设的。

总之，思想如同技术，非经过锻炼不可，没有思想自由，就没有思想革命，没有思想革命，就无从建设一切。就即使有了建设，也只是建在沙土之上，决无永久存在之理。

我们什么时候才可有宪法？

——对于《建国大纲》的疑问

我在《人权与约法》（《新月》二卷二号）里，曾说：

> 中山先生的《建国大纲》虽没有明说"约法"，但我们研
> 究他民国十三年以前的言论，知道他决不会相信统治这样一个大
> 国可以不用一个根本大法的。

这句话，我说错了。民国十三年的孙中山先生已不是十三年以前的中
山了。他的《建国大纲》简直是完全取消他以前所主张的"约法之
治"了。

从丙午年（1906）的《革命方略》到民国十二年（1923）的《中国革
命史》，中山先生始终主张一个"约法时期"为过渡时期，要一个约法来
"规定人民之权利义务，与革命政府之统治权"。

但民国十三年以后的中山先生完全取消这个主张了。试看他公布《建
国大纲》的宣言说：

> 辛亥之役，汲汲于制定临时约法，以为可以奠民国之基
> 础，而不知乃适得其反。论者见临时约法施行之后，不能有益于
> 民国，甚至并临时约法之本身效力亦已消失无余，则纷纷然议临

时约法之未善，且斤斤然从事于宪法之制定，以为藉此可以救临

时约法之穷。曾不知症结所在，非由于临时约法之未善，乃由于

未经军政，训政两时期，而即入于宪政。

他又说：

可知未经军政训政两时期，临时约法决不能发生效力。

他又说：

军政时代已能肃清反侧，训政时代已能扶植民治，虽无宪

政之名，而人人所得权利与幸福，已非口宪法而行专政者所可同

日而语。

这是中山先生取消"约法之治"的理由。所以他在《建国大纲》里，便不提起"约法"了。

《建国大纲》里，不但训政时期没有约法，直到宪政开始时期也还没有宪法，如第廿二条云：

宪法草案当本于《建国大纲》及训政，宪政两时期之成

绩，由立法院议订，随时宣传于民众，以备到时采择施行。

宪法草案既要根据于训政宪政两时期的成绩，可见"宪政时期"还没有宪法。但细看《大纲》的全文，廿二条所谓"宪政时期"乃是"宪政开始时期"的省文。故下文廿三条说：

全国有过半数省分达至宪政开始时期，——即全省之地方

自治完全成立时期，——则开国民大会决定宪法而颁布之。

这样看来，我们须要等到全国有过半数省分的地方自治完全成立之后，才可以有宪法。

我们要研究，中山先生为什么要这样延迟宪政时期呢？简单说来，中山先生对于一般民众参政的能力，很有点怀疑。他在公布宣言里曾说：

不经训政时代，则大多数人民久经束缚，虽骤被解放，初

不了知其活动之方式，非墨守其放弃责任之故习，即为人利用，

陷于反革命而不自知。

他在《建国方略》里，说的更明白：

> 夫中国人民知识程度之不足，固无可隐讳者也。且加以数千年专制之毒深中乎人心，诚有比于美国之黑奴及外来人民知识尤为低下也。（第六章）

他又说：

> 我中国人民久处于专制之下，奴心已深，牢不可破。不有一度之训政时期，以洗除其旧染之污，奚能享民国主人之权利？（第六章）

他又说：

> 是故民国之主人者（国民），实等于初生之婴儿耳。革命党者，即产此婴儿之母也。既产之矣，则当保养之，教育之，方尽革命之责也。此革命方略之所以有训政时期者，为保养教育此主人成年而后还之政也。（第六章）

综合上文的几段话，我们可以明白中山先生的主张训政，只是因为他根本不信任中国人民参政的能力。所以他要一个训政时期来培养人民的自治能力，以一县为单位，从县自治入手。

这种议论，出于主张"知难行易"的中山先生之笔下，实在使我们诧异。中山先生不曾说吗？

> 其始则不知而行之。其继则行之而后知之。其终则因已知而更进于行。（《建国方略》第五章）

他又说过：

> 夫维新变法，国之大事也，多有不能前知者，必待行之成之而后乃能知之也。（同上）

参政的能力也是这样的。民治制度的本身便是一种教育。人民初参政的时期，错误总不能免的，但我们不可因人民程度不够便不许他们参政。人民参政并不须多大的专门知识，他们需要的是参政的经验。民治主义的根本观念是承认普通民众的常识是根本可信任的。"三个臭皮匠，赛过一个诸葛亮。"这便是民权主义的根据。治国是大事业，专门的问题需要专门的学识。但人民的参政不是专门的问题，并不需要专门的知识。所患的只是怕民众不肯出来参政，故民治国家的大问题总是怎样引导民众出来参政。只要他们肯出来参政，一回生，二回便熟了；一回上当，二回便学乖了。故民治制度本身便是最好的政治训练。这便是"行之则愈知之"；这便是"越行越知，越知越行"。

中山先生自己不曾说吗？

> 袁世凯之流必以为中国人民知识程度如此，必不能共和。曲学之士亦曰非专制不可也。

> 呜呼，牛也尚能教之耕，马也尚能教之乘，而况于人乎？今使有见幼童将欲入塾读书者，而语其父兄曰，"此童子不识字，不可使之入塾读书也"，于理通乎？惟其不识字，故须急于读书也。……故中国今日之当共和，犹幼童之当入塾读书也。

（第六章）

宪政之治正是唯一的"入塾读书"。唯其不曾入塾读书，故急须入塾读书也。

中山先生说：

> 然入塾必要有良师益友以教之，而中国人民今日初进共和之治，亦当有先知先觉之革命政府以教之。此训政之时期所以为专制入共和之过渡所必要也。

我们姑且让一步，姑且承认共和是要训练的。但我们要问，宪法与训练有什么不能相容之点？为什么训政时期不可以有宪法？为什么宪法之下不能训政？

在我们浅学的人看起来，宪法之下正可以做训导人民的工作；而没有宪法或约法，则训政只是专制，决不能训练人民走上民主的路。

"宪法"是什么东西？

柏来士（Bryce）在他的不朽名著《美洲民主国》里说："一个国家

的宪法只是那些规定此国家的政体并规定其政府对人民及人民对政府的各种权利义务的规律或法令。"（页三五〇）

麦金托虚爵士（Sir James Mc Intosh）也说，"凡规定一国高级官吏的最重要职权及人民的最根本的权利的基本法律，——成文的或不成文的，——便是一国的宪法"。见于他的"Law of Nature and of Nations"（页六五）

中山先生也曾主张颁布约法"以规定人民之权利义务，与革命政府之统治权"。这便是一种宪法了。

我们实在不懂这样一部约法或宪法何以不能和训政同时存在。我们须要明白，宪法的大功用不但在于规定人民的权利，更重要的是规定政府各机关的权限。立一个根本大法，使政府的各机关不得逾越他们的法定权限，使他们不得侵犯人民的权利，——这才是民主政治的训练。程度幼稚的民族，人民固然需要训练，政府也需要训练。人民需要"入塾读书"，然而蒋介石先生，冯玉祥先生，以至于许多长衫同志和小同志，生平不曾梦见共和政体是什么样子的，也不可不早日"入塾读书"罢？

人民需要的训练是宪法之下的公民生活。政府与党部诸公需要的训练是宪法之下的法治生活。"先知先觉"的政府诸公必须自己先用宪法来训练自己，裁制自己，然后可以希望训练国民走上共和的大路。不然，则口口声声说"训政"，而自己所行所为皆不足为训，小民虽愚，岂易欺哉？他们只看见衮衮诸公的时时打架，时时出洋下野而已；他们只看见衮衮诸公的任意侵害人权而已；他们只看见宣传部"打倒某某""拥护某某"而已；他们只看见反日会的站笼而已。以此训政，别说六年，六十年有何益哉？

故中山先生的根本大错误在于误认宪法不能与训政同时并立。他这一点根本成见使他不能明白民国十几年来的政治历史。他以为临时约法的失败是"由于未经军政训政两时期，而即入于宪政"。这是历史的事实吗？民国元年以来，何尝有"入于宪政"的时期？自从二年以来，哪一年不是在军政的时期？临时约法何尝行过？天坛宪法草案以至于曹锟时代的宪法，又何尝实行过？十几年中，人民选举国会与省议会，共总行过几次？故民国十几年的政治失败，不是骤行宪政之过，乃是始终不曾实行宪政之过；不是不经军政训政两时期而遽行宪政，乃是始终不曾脱离扰乱时期之过也。

当日袁世凯之流，固不足论；我们现在又到了全国统一的时期了，我们看看历史的教训，还是不敢信任人民而不肯实行宪政呢？还是认定人民与政府都应该早早"入塾读书"，早早制定宪法或约法，用宪政来训练人民和政府自己呢？

中山先生说得好：

　　中国今日之当共和，犹幼童之当入塾读书也。

我们套他的话，也可以说：

　　中国今日之当行宪政，犹幼童之当入塾读书也。

我们不信无宪法可以训政；无宪法的训政只是专制。我们深信只有实行宪政的政府才配训政。

"宁鸣而死，不默而生"

——九百年前范仲淹争自由的名言

几年前，有人问我，美国开国前期争自由的名言"不自由，毋宁死"[原文是Patrick Henry（帕特里克·亨利）在1775年的"给我自由，否则给我死""Give me liberty，or give me death"]，在中国有没有相似的话。我说，我记得是有的，但一时记不清是谁说的了。

我记得是在王应麟的《困学纪闻》里见过有这样一句话，但这几年我总没有机会去翻查《困学纪闻》。今年偶然买得一部影印元本的《困学纪闻》，昨天检得卷十七有这一条：

范文正《灵乌赋》曰："宁鸣而死，不默而生。"其言可以立懦。

"宁鸣而死，不默而生"，当时往往专指谏诤的自由，我们现在叫做言论自由。

范仲淹生在西历989，死在1052，他死了九百零三年了。他作《灵乌赋》答梅圣俞的《灵乌赋》，大概是在景祐三年（1036）他同欧阳修、余靖、尹洙诸人因言事被贬谪的时期。这比亨利柏德烈的"不自由，毋宁死"的话要早七百四十年。这也可以特别记出，作为中国争自由史上的一段佳话。

　　梅圣俞名尧臣，生在西历1003，死在1061。他的集中有《灵乌赋》。原是寄给范仲淹的，大意是劝他的朋友们不要多说话。赋中有这句子：

　　　　凤不时而鸣，

　　　　乌哑哑兮招唾骂于里间。

　　　　乌兮，事将乖而献忠，

　　　　人反谓尔多凶。……

　　　　胡不若凤之时鸣，

　　　　人不怪兮不惊！……

　　　　乌兮，尔可，

　　　　吾今语汝，庶或我（原作汝，似误）听。

　　　　结尔舌兮钤尔喙，

　　　　尔饮啄兮尔自遂，

　　　　同翱翔兮八九子，

　　　　勿噪啼兮勿睥睨，

　　　　往来城头无尔累。

这篇赋的见解、文辞都不高明。（圣俞后来不知因何事很怨恨范文正，又有《灵乌后赋》，说他"憎鸿鹄之不亲，爱燕雀之来附。既不我德，又反我怒。……远己不称，昵己则誉。"集中又有《谕乌诗》，说，"乌时来佐凤，署置且非良，咸用所附己，欲同助翱翔。"此下有一长段丑诋的话，好像也是骂范文正的。这似是圣俞传记里一件疑案；前人似没有注意到。）

　　范仲淹作《灵乌赋》，有自序说：

　　　　梅君圣俞作是赋，曾不我鄙，而寄以为好。因勉而和之，
　　庶几感物之意同归而殊途矣。

因为这篇赋是中国古代哲人争自由的重要文献，所以我多摘抄几句：

　　　　灵乌，灵乌，

尔之为禽兮何不高飞而远蓍？

何为号呼于人兮告吉凶而逢怒！

方将折尔翅而烹尔躯，

徒悔焉而亡路。

彼哑哑兮如憨，

请臆对而忍谕：

我有生兮累阴阳之含育，

我有质兮虑天地之覆露。

长慈母之危巢，

托主人之佳树。……

母之鞠兮孔艰，

主之仁兮则安。

度春风兮既成我以羽翰，

眷高柯兮欲去君而盘桓。

思报之意，厥声或异：

忧于未形，恐于未炽。

知我者谓吉之先，

不知我者谓凶之类。

故告之则反灾于身，

不告之则稔祸于人。

主恩或忘，我怀靡臧。

虽死而告，为凶之防。

亦由桑妖于庭，惧而修德，俾王之兴；

雉怪于鼎，惧而修德，俾王之盛。

天听甚迩，人言曷病！

被希声之凤皇，

亦见讥于楚狂。

> 彼不世之麒麟，
>
> 亦见伤于鲁人。
>
> 凤岂以讥而不灵？
>
> 麟岂以伤而不仁？
>
> 故割而可卷，孰为神兵？
>
> 焚而可变，孰为英琼？
>
> 宁鸣而死，不默而生！
>
> 胡不学太仓之鼠兮，
>
> 何必仁为，丰食而肥？
>
> 仓苟竭兮，吾将安归！
>
> 又不学荒城之狐兮，
>
> 何必义为，深穴而威？
>
> 城苟圮兮，吾将畴依！
>
> ……………
>
> 我乌也勤于母兮自天，
>
> 爱于主兮自天。
>
> 人有言兮是然。
>
> 人无言兮是然。

这是九百多年前一个中国政治家争取言论自由的宣言。

赋中"忧于未形，恐于未炽"两句，范公在十年后（1046），在他最后被贬谪之后一年，作《岳阳楼记》，充分发挥成他最有名的一段文字：

> 嗟夫，予尝求古仁人之心……不以物喜，不以己悲，居庙堂之高则忧其民，处江湖之远则忧其君，是进亦忧，退亦忧。然则何时而乐耶？其必曰"先天下之忧而忧，后天下之乐而乐"乎？噫，微斯人，吾谁与归？

当前此三年（1043）他同韩琦、富弼同在政府的时期，宋仁宗有手诏，要他们"尽心为国家诸事建明，不得顾忌"。范仲淹有《答手诏条陈十事》，引论里说：

> 我国家革五代之乱，富有四海，垂八十年。纲纪制度，日
> 削月侵，官壅于下，民困于外，夷狄骄盛，寇盗横炽，不可不更
> 张以救之。

这是他在那所谓"庆历盛世"的警告。那十事之中，有"精贡举"一事，他说：

> ……国家乃专以辞赋取进士，以墨义取诸科。士皆舍大方
> 而趋小道。虽济济盈庭，求有才有识者，十无一二。况天下危
> 困，乏人如此，将何以救？在乎教以经济之才，庶可以救其不
> 逮。或谓救弊之术无乃后时？臣谓四海尚完，朝谋而夕行，庶乎
> 可济。安得晏然不救、坐俟其乱哉？

这是在中原沦陷之前八十三年提出的警告。这就是范仲淹所说的"忧于未形，恐于未炽"；这就是他说的"先天下之忧而忧"。

从中国向来智识分子的最开明的传统看，言论的自由、谏诤的自由，是一种"自天"的责任，所以说，"宁鸣而死，不默而生"。

从国家与政府的立场看，言论的自由可以以鼓励人人肯说"忧干未形，恐于未炽"的正论危言，来替代小人们天天歌功颂德、鼓吹升平的滥调。

知难，行亦不易

一、行易知难说的动机

《孙文学说》的《自序》是民国七年（1918）十二月三十日在上海作的。次年（1919）五月初，我到上海来接杜威先生；有一天，我同蒋梦麟先生去看中山先生，他说他新近做了一部书，快出版了。他那一天谈的话便是概括地叙述他的"行易知难"的哲学。后来杜威先生去看中山先生，中山谈的也是这番道理。大概此书作于七年下半，成于八年春间。到六七月间，始印成出版。

这个时代是值得注意的。中山先生于七年五月间非常国会辞去大元帅之职；那时旧式军阀把持军政府，中山虽做了七总裁之一，实际上没有做事的机会，后来只好连总裁也不做了，搬到上海来住。这时候，世界大战争刚才停战，巴黎的和会还未开，全世界都感觉一种猛烈的兴奋，都希望有一个改造的新世界。中山先生在这个时期，眼见安福部横行于北方，桂系军阀把持于南方，他却专心计划，想替中国定下一个根本建设的大方略。这个时期正是他邀了一班专家，着手做《建国方略》的时候。他的"实业计划"的一部分，此时正在草创的时期；其英文的略稿成于八年的一月。

　　他在发表这个大规模的《建国方略》之前，先著作这一部导言，先发表他的"学说"，先提出这个"行易知难"的哲学。

　　为什么呢？他自己很悲愤地说：

　　文奔走国事三十余年，毕生学力尽萃于斯；精诚无间，百折不回；满清之威力所不能屈，穷途之困苦所不能挠。吾志所向，一往无前，愈挫愈奋，再接再厉。用能鼓动风潮，造成时势。卒赖全国人心之倾向，仁人志士之赞襄，乃得推覆专制，创建共和。本可从此继进，实行革命党所抱持之三民主义，五权宪法，与夫革命方略所规定之种种建设宏模，则必能乘时一跃而登中国于富强之域，跻斯民于安乐之天也。不图革命初成，党人即起异议，谓予所主张者理想太高，不适中国之用。众口铄金，一时风靡。同志之士，亦悉惑焉。是以予为民国总统时之主张，反不若为革命领袖时之有效而见之施行矣。此革命之建设所以无成，而破坏之后国事更因之以日非也。

　　夫去一满洲之专制，转生出无数强盗之专制，其为毒之烈，较前尤甚，于是民愈不聊生矣。溯夫吾党革命之初心，本以救国救种为志，欲出斯民于水火之中，而登之衽席之上也。今乃反令之陷水益深，蹈火益热，与革命初衷大相违背者，此固予之德薄无以化格同侪，予之能鲜不足驾驭群众，有以致之也。然而吾党之士于革命宗旨革命方略亦难免有信仰不笃奉行不力之咎也。而其所以然者，非尽关乎功成利达而移心，实多以思想错误而懈志也。

　　此思想之错误为何？即"知之非艰，行之惟艰"之说也。此说始于传说对武丁之言，由是数千年来，深中于中国之人心，已成牢不可破矣。故予之建设计划一一皆为此说所打消也。呜呼！此说者，予生平之最大敌也。其威力当万倍于满清。夫满清之威力不过只能杀吾人之身耳，而不能夺吾人之志也。乃此敌之威力则不惟能夺吾人之志，且足以迷亿兆人之心也。是故当满清之世，予之主张革命也，犹能日起有功，进行不已。惟自民国成立之日，则予之主张建设，反致半筹莫展，一败涂地。吾三十年来精诚无间之心，几为之冰消瓦解，百折不回之志几为之槁木死灰者，此也！可畏哉此敌！可恨哉此敌！

兵法有云，"攻心为上"。……满清之颠覆者，此心成之也。民国之建设者，此心败之也。夫革命党之心理，于成功之始，则被"知之非艰行之惟艰"之说所奴，而视吾策为空言，遂放弃建设之责任。……七年以来，犹未睹建设事业之进行，而国事则日形纠纷，人民则日增痛苦。午夜思维，不胜痛心疾首。夫民国之建设事业，实不容一刻视为缓图者也。国民！国民！究成何心。不能乎？不行乎？不知乎？吾知其非不能也，不行也。亦非不行也，不知也。倘能知之，则建设事业亦不过如反掌折枝耳。

回顾当年，予所耳提面命而传授于革命党员，而被河汉为理想空言者，至今观之，适为世界潮流之需要，而亦当为民国建设之资材也。乃拟笔之于书，名曰《建国方略》，以为国民所取法焉。然尚有踌躇审顾者，则恐今日国人社会心理犹是七年前之党人社会心理也，依然有此"知之非艰行之惟艰"之大敌横梗于其中，则其以吾之计划为理想空言而见拒也，亦若是而已矣。故先作学说，以破此心理之大敌，而出国人之思想于迷津。庶几吾之《建国方略》或不致再被国人视为理想空谈也。（《自序》）

这篇《自序》真是悲慨沉痛的文章。中山先生以三十年的学问，三十年的观察，作成种种建设的计划，提出来想实行，万不料他的同志党人，就首先反对。客气的人说他是"理想家"，不客气的人嘲笑他是"孙大炮"！中山先生忠厚对人，很忠厚地指出他们所以反对他，"非尽关乎功成利达而移心，实多以思想错误而懈志"。此思想的错误，中山认为只是"知易行难"的一个见解。这个错误的见解，在几千年中，深入人心，成了一种迷信，他的势力比满清还可怕，比袁世凯还可怕。满清亡了，袁世凯倒了，而此"知易行难"的谬说至今存在，使中山的大计划"半筹莫展，一败涂地"。所以中山先生要首先打倒这个"心理之大敌"。这是他的"学说"的动机。

要打倒这个大敌，所以他提出一种"心理建设"。他老实不客气地喊道：

> 夫国者，人之积也。人者，心之器也。而国事者，一人群心理之现象也。是故政治之隆污，系乎人心之振靡。吾心信其可行，则移山填海之难，终有成功之日。吾心信其不可行，则反掌折枝之易，亦无收效之期也。心之为用大矣哉。夫心也者，万事之本源也。满清之颠覆者，此心成之也。民国之建设者，此心败之也。（《自序》参看页七七论宣誓一段）

迷信"唯物史观"的人，听了这几句话，也许要皱眉摇头。但这正是中山先生的中心思想。若不懂得这个中心思想，便不能明白他的"有志竟成"的人生哲学。

二、行易知难的十证

中山先生的"学说"只是"行易知难"四个字。他举了十项证据来证明他的学说：

（1）饮食

（2）用钱

（3）作文

（4）建筑

（5）造船

（6）长城与欧洲的战壕

（7）运河

（8）电学

（9）化学制造品：豆腐，磁器

（10）进化

这十项证据，原书说的很详细，不用我来详细说明了。

这十项之中，有几项是证明"不知亦能行"的，如饮食，婴孩一堕地便能做，鸡雏一离蛋壳便能做，但近世的科学专家到今日尚不能知道饮食的种种奥妙。但大部分的证据都是证明知识之难能而可贵的，如造船，

> 施工建造并不为难。所难者绘图设计耳。倘计划既定，按图施工，则成效可指日而待矣。

如无线电报，

> 当研究之时代，费百年之工夫，竭无数学者之才智，各贡一知，而后得完全此无线电之知识。及其知识真确，学理充满，乃本之以制器，则无所难矣。……其最难能可贵者则为研求无线电知识之人。学识之难关一过，则其他之进行有如反掌矣。

这些证据都是要使我们明白知识是很难能的事，是少数天才人的事。少数有高深知识的人积多年的研究，定下计划，打下图样，便可以交给多数工匠去实行。工匠只须敬谨依照图样做去，自然容易成功。"此知行分任而造成一屋者也。"中山先生的意思一面教人知道"行易"，一面更要人知道"知难"。

三、"行易知难"的真意义

中山先生自己说：

> 予之所以不惮其烦，连篇累牍，以求发明行易知难之理者，盖以此为救中国必由之道也。（页五五）

他指出中国的大病是暮气太深，畏难太甚。

> 中国近代之积弱不振奄奄待毙者，实为知之非艰行之惟艰

一说误之也。此说深中于学者之心理，由学者而传于群众，则以难为易，以易为难，遂使暮气畏难之中国，畏其所不当畏，而不畏其所当畏。由是易者则避而远之，而难者又趋而近之。始则欲求知而后行，及其知之不可得也，则惟有望洋兴叹而放去一切而已。间有不屈不挠之士，费尽生平之力以求得一知者，而又以行之为尤难，则虽知之而仍不敢行之。如是不知固不欲行，而知之又不敢行，则天下事无可为者矣。此中国积弱衰败之原因也。夫畏难本无害也。正以有畏难之心，乃适足导人于节劳省事，以取效呈功。此为经济之原理，亦人生之利便也。惟有难易倒置，使欲趋避者无所适从，斯为害矣。（页五五）

他要人明白"不知亦能行之，知之则必能行之，知之则更易行之"。他考察人类进化的历史，看出三个时期：

第一，由草昧进文明，为不知而行之时期。

第二，由文明再进文明，为行而后知之时期。

第三，自科学发明后，为知而后行之时期。

凡物类与人类，为需要所逼迫，都会创造发明。鸟能筑巢，又能高飞。这都是不知而能行的明证。我们的老祖宗制造豆腐，制造磁器，建筑长城，开辟运河，都是不知而行的明证。西洋人行的越多，知的也越多；知多了，行的也更多。他们越行越知，越知越行。我们却受了暮气的毒，事事畏难，越不行，越不知，便越不行。

救济之法，只有一条路，就是力行。但力行却也有一个先决的条件，就是要服从领袖，要服从先知先觉者的指导。中山先生说人群进化可分三时期，人的性质也可分做三系：

其一，先知先觉者，为创造发明。

其二，后知后觉者，为仿效进行。

其三，不知不觉者，为竭力乐成。

第一系为发明家，第二系为鼓吹家，第三系为实行家，其中最有关系的是那第二系的后知后觉者。他们知识不够，偏要妄想做先知先觉者；他们不配做领袖，偏要自居于领袖；他们不肯服从发明家的理想计划，偏爱作消极的批评。他们对于先知先觉者的计划，不是说他们思想不彻底，便是说他们理想太高，不切实用。所以中山先生说：

> 行之之道为何？即全在后觉者之不自惑以惑人而已。

力行之道不是轻理想而重实行，却正是十分看重理想知识。"行易知难"的真意义只是要我们知道行是人人能做的，而知却是极少数先知先觉者的责任。大多数的人应该崇拜知识学问，服从领袖，奉行计划。那中级的后知后觉者也只应该服从先知先觉者的理想计划，替他鼓吹宣传，使多数人明白他的理想，使那种种理想容易实行。所以中山先生说：

> 中国不患无实行家，盖林林总总者皆是也。乃吾党之士有言曰，"某也理想家也，某也实行家也"。其以二三人可为改革国事之实行家，真谬误之甚也。不观今之外人在上海所建设之宏大工厂，繁盛市街，崇伟楼阁，其实行家皆中国之工人也。而外人不过为理想家计划家而已，并未有躬亲实行其建设之事也。故为一国之经营建设，所难得者非实行家也，乃理想计划家也。而中国之后知后觉者，皆重实行而轻理想矣。是犹治化学而崇拜三家村之豆腐公，而忽于装在辂巴斯德等宿学也。是犹治医学而崇拜蜂虫之螺蠃，而忽于发明蒙药之名医。盖豆腐公为生物化学之实行家，而螺蠃为蒙药之实行家也。有是理乎！乃今之后知后觉者，悉中此病，所以不能鼓吹舆论，倡导文明，而反足混乱是非，阻碍进化也。是故革命以来建设事业不能进行者，此也。予于是乎不得不彻底详辟，欲使后知后觉者，了然于向来之迷误，而翻然改图，不再为似是而非之说以惑世，而阻挠吾林林总总之实行家，则建设前途大有希望矣。（页六一——六二）

所以"行易知难"的学说的真意义只是要使人信仰先觉，服从领袖，奉行不悖。中山先生著书的本意只是要说："服从我，奉行我的《建国方略》。"他虽然没有这样明说，然而他在本书的第六章之后，附录《陈英士致黄克强书》（页七九——八七），此书便是明明白白地要人信仰孙中山，奉行不悖。英士先生在此书里痛哭流涕地指出民党第五次重大之失败都是因为他们"认中山之理想为误而反对之，致于失败"。他说：

> 惟其前日认中山先生之理想为误，皆致失败，则于今日中山先生之所主张，不宜轻以为理想而不从，再贻他日之悔。
>
> 夫人之才识与时并进，知昨非而今日未必是，能取善斯不压从人。鄙见以为理想者事实之母也。中山先生之提倡革命，播因于二十年前。当时反对之者，举国士夫，殆将一致。乃经二十年后，卒能见诸实行者，理想之结果也。使吾人于二十年前即赞成其说，安见所悬理想必迟至二十年之久始得收效？抑使吾人于二十年后犹反对之，则中山先生之理想不知何时始克形诸事实，或且终不成效果至于靡有穷期者，亦难逆料也。故中山先生之理想能否证实，全在吾人之视察能否了解，能否赞同，以奉行不悖是已。

《孙文学说》的真意义只是要人信仰"孙文学说"，奉行不悖。此意似甚浅，但我们细读此书，不能不认这是唯一可能的解释。

四、批评

行易知难的学说是一种很有力的革命哲学。一面要人知道"行易"，可以鼓舞人勇往进取。一面更要人知道"知难"，可以提倡多数人对于先知先觉者的信仰与服从。信仰领袖，服从命令，一致进取，不怕艰难，这便是革命成功的条件。所以中山说这是必要的心理建设。

孙中山死后三四年中，国民党继续奉他做领袖，把他的遗教奉作一党的共同信条，极力宣传。"共信"既立，旗帜便鲜明了，壁垒也便整齐了。故三四年中，国民革命军的先声夺人，所向都占胜利。北伐的成功，可说是建立"共信"的功效。其间稍有分裂，也只为这个共信上发生了动摇的危险。

故这三年的革命历史可说是中山先生的学说添了一重证据，证明了服从领袖奉行计划的重要，证明了建立共同信仰的重要，证明了只要能奉行一个共同的信仰，革命的一切困难都可以征服。

但政治上的一点好成绩不应该使我们完全忽视了这个学说本身的一些错误。所以我想指出这个学说的错误之点，和从这些错误上连带发生的恶影响。

行易知难说的根本错误在于把"知""行"分的太分明。中山的本意只要教人尊重先知先觉，教人服从领袖者，但他的说话很多语病，不知不觉地把"知""行"分做两件事，分做两种人做的两类的事。这是很不幸的。因为绝大部分的知识是不能同"行"分离的，尤其是社会科学的知识。这绝大部分的知识都是从实际经验（行）上得来：知一点，行一点；行一点，更知一点，——越行越知，越知越行，方才有这点子知识。三家村的豆腐公也不是完全没有知识；他做豆腐的知识比我们大学博士高明的多多。建筑高大洋房的工人也不是完全没有知识；他们的本事也是越知越行，越行越知，所以才有巧工巧匠出来。至于社会科学的知识，更是知行分不开的。五权与九权的宪法，都不是学者的抽象理想，都只是某国某民族的实行的经验的结果。政治学者研究的对象只是历史，制度，事实，——都是行的成绩。"行"的成绩便是知，知的作用便是帮助行，指导行，改善行。政治家虽然重在实行，但一个制度或政策的施行，都应该服从专家的指示，根据实际的利弊，随时修正改革，这修正补救便是越行越知，越知越行，便是知行不能分开。

中山先生志在领导革命，故倡知难行易之说，自任知难而勉人以行易。他不曾料到这样分别知行的结果有两大危险：

第一，许多青年同志便只认得行易，而不觉得知难。于是有打倒智识阶级的喊声，有轻视学问的风气。这是很自然的：既然行易，何必问知难呢？

第二，一班当权执政的人也就借"行易知难"的招牌，以为知识之事已有先总理担任做了，政治社会的精义都已包罗在《三民主义》《建国方略》等书之中，中国人民只有服从，更无疑义，更无批判辩论的余地了。于是他们掮着"训政"的招牌，背着"共信"的名义，箝制一切言论出版的自由，不容有丝毫异己的议论。知难既有先总理任之，行易又有党国大同志任之，舆论自然可以取消了。

行易知难说是一时救弊之计，目的在于矫正"知之非艰，行之维艰"的旧说，故为"林林总总"之实行家说法，教人知道实行甚易。但老实说来，知固是难，行也不易。这便是行易知难说的第二个根本错误。

中山先生举了十项证据来证明行易知难。我们忍不住要问他："中山先生，你是学医的人，为什么你不举医学做证据呢？"中山先生做过医学的工夫，故不肯举医学做证据，因为医学最可以推翻行易知难的学说。医学是最难的事，人命所关，故西洋的医科大学毕业年限比别科都长二年以上。但读了许多生理学，解剖学，化学，微菌学，药学，……还算不得医生。医学一面是学，一面又是术，一面是知，一面又是行。一切书本的学问都要能用在临床的经验上；只有从临床的经验上得来的学问与技术方才算是真正的知识。一个医生的造成，全靠知行的合一，即行即知，即知即行，越行越知，越知越行的工巧精妙。熟读了六七年的书，拿着羊皮纸的文凭，而不能诊断，不能施手术，不能疗治，才知道知固然难，行也大不易也！

岂但医生如此？做豆腐又何尝不如此？书画弹琴又何尝不如此？打球，游水，开汽车，又何尝不如此？建屋造船也何尝不如此？做文章，打算盘，也何尝不如此？一切技术，一切工艺，哪一件不如此？

治国是一件最复杂最繁难又最重要的技术，知与行都很重要，纸上的空谈算不得知，卤莽糊涂也算不得行。虽有良法美意，而行之不得其法，也会祸民误国。行的不错，而朝令夕更，也不会得到好结果。政治的设施往往关系几千万人或几万万人的利害，兴一利可以造福于一县一省，生一弊可害无数人的生命财产。这是何等繁难的事！古人把"良医"和"良相"相提并论，其实一个庸医害人有限，而一个坏政策可以造孽无穷。医生以人命为重，故应该小心翼翼地开刀开方；政府以人民为重，故应该小心翼翼地治国。古人所以说"知之非艰，行之维艰"，正是为政治说的，不是叫人不行，只是叫人不要把行字看的太容易，叫人不可卤莽糊涂地胡作胡为害人误国。

民生国计是最复杂的问题，利弊不是一人一时看得出的，故政治是无止境的学问，处处是行，刻刻是知，越行方才越知，越知方才可以行的越好。"考试"是容易谈的，但实行考试制度是很难的事。"裁兵"是容易谈的，但怎样裁兵是很难的事。现在的人都把这些事看的太容易了，故纨袴子弟可以办交通，顽固书生可以办考试，当火头出身的可以办一省的财政，旧式的官僚可以管一国的卫生。

今日最大的危险是当国的人不明白他们干的事是一件绝大繁难的事。以一班没有现代学术训练的人，统治一个没有现代物质基础的大国家，天下的事有比这个更繁难的吗？要把这件大事办的好，没有别的法子，只有充分请教专家，充分运用科学。然而"行易"之说可以作一班不学无术的军人政客的护身符！此说不修正，专家政治决不会实现。

多研究些问题，少谈些"主义"！

本报（《每周评论》）第二十八号里，我曾说过：

> 现在舆论界大危险，就是偏向纸上的学说，不去实地考察中国今日的社会需要究竟是什么东西。那些提倡尊孔祀天的人，固然是不懂得现时社会的需要。那些迷信军国民主义或无政府主义的人，就可算是懂得现时社会的需要么？

> 要知道舆论家的第一天职，就是细心考察社会的实在情形。一切学理，一切"主义"，都是这种考察的工具。有了学理作参考材料，便可使我们容易懂得所考察的情形，容易明白某种情形有什么意义，应该用什么救济的方法。

我这种议论，有许多人一定不愿意听。但是前几天北京《公言报》《新民国报》《新民报》（皆安福部的报），和日本文的《新支那报》，都极力恭维安福部首领王揖唐主张民生主义的演说，并且恭维安福部设立"民生主义的研究会"的办法。有许多人自然嘲笑这种假充时髦的行为。但是我看了这种消息，发生一种感想。这种感想是："安福部也来高谈民生主义了，这不够给我们这班新舆论家一个教训吗？"什么教训呢？这可分三层说：

第一，空谈好听的"主义"，是极容易的事，是阿猫阿狗都能做的事，是鹦鹉和留声机器都能做的事。

第二，空谈外来进口的"主义"，是没有什么用处的。一切主义都是某时某地的有心人，对于那时那地的社会需要的救济方法。我们不去实地研究我们现在的社会需要，单会高谈某某主义，好比医生单记得许多汤头歌诀，不去研究病人的症候，如何能有用呢？

第三，偏向纸上的"主义"，是很危险的。这种口头禅很容易被无耻政客利用来做种种害人的事。欧洲政客和资本家利用国家主义的流毒，都是人所共知的。现在中国的政客，又要利用某种某种主义来欺人了。罗兰夫人说："自由自由，天下多少罪恶，都是借你的名做出的！"一切好听的主义，都有这种危险。

这三条合起来看，可以看出"主义"的性质。凡"主义"都是应时势而起的。某种社会，到了某时代，受了某种的影响，呈现某种不满意的现状。于是有一些有心人，观察这种现象，想出某种救济的法子。这是"主义"的原起。主义初起时，大都是一种救时的具体主张。后来这种主张传播出去，传播的人要图简便，便用一两个字来代表这种具体的主张，所以叫他做"某某主义"。主张成了主义，便由具体的计划，变成一个抽象的名词。"主义"的弱点和危险就在这里。因为世间没有一个抽象名词能把某人某派的具体主张都包括在里面。比如"社会主义"一个名词，马克思的社会主义和王揖唐的社会主义不同；你的社会主义，和我的社会主义不同：决不是这一个抽象名词所能包括。你谈你的社会主义，我谈我的社会主义，王揖唐又谈他的社会主义，同用一个名词，中间也许隔开七八个世纪，也许隔开两三万里路，然而你和我和王揖唐都可自称社会主义家，都可用这一个抽象名词来骗人。这不是"主义"的大缺点和大危险吗？

我再举现在人人嘴里挂着的"过激主义"做一个例：现在中国有几个人知道这一个名词做何意义？但是大家都痛恨痛骂"过激主义"，内务部下令严防"过激主义"，曹锟也行文严禁"过激主义"，卢永祥也出示查禁"过激主义"。前两个月，北京有几个老官僚在酒席上叹气，说，"不好了，过激派到了中国了。"前两天有一个小官僚，看见我写的一把扇子，大诧异道，"这不是过激党胡适吗？"哈哈，这就是"主义"的用处！

我因为深觉得高谈主义的危险，所以我现在奉劝新舆论界的同志道："请你们多提出一些问题，少谈一些纸上的主义。"

更进一步说："请你们多多研究这个问题如何解决，那个问题如何解决，不要高谈这种主义如何新奇，那种主义如何奥妙。"

现在中国应该赶紧解决的问题，真多得很。从人力车夫的生计问题，到大总统的权限问题；从卖淫问题到卖官卖国问题；从解散安福部问题到加入国际联盟问题；从女子解放问题到男子解放问题；……哪一个不是火烧眉毛紧急问题？

我们不去研究人力车夫的生计，却去高谈社会主义；不去研究女子如何解放，家庭制度如何救正，却去高谈公妻主义和自由恋爱；不去研究安福部如何解散，不去研究南北问题如何解决，却去高谈无政府主义；我们还要得意扬扬夸口道，我们所谈的是根本"解决"。老实说罢，这是自欺欺人的梦话，这是中国思想界破产的铁证，这是中国社会改良的死刑宣告！

为什么谈主义的人那么多，为什么研究问题的人那么少呢？这都由于一个懒字。懒的定义是避难就易。研究问题是极困难的事，高谈主义是极容易的事。比如研究安福部如何解散，研究南北和议如何解决，这都是要费工夫，挖心血，收集材料，征求意见，考察情形，还要冒险吃苦，方才可以得一种解决的意见。又没有成例可援，又没有黄梨洲、柏拉图的话可引，又没有《大英百科全书》可查，全凭研究考察的工夫：这岂不是难事吗？高谈"无政府主义"便不同了。买一两本实社《自由录》，看一两本西文无政府主义的小册子，再翻一翻《大英百科全书》，便可以高谈无忌了：这岂不是极容易的事吗？

高谈主义，不研究问题的人，只是畏难求易，只是懒。

凡是有价值的思想，都是从这个那个具体的问题下手的。先研究了问题的种种方面的种种的事实，看看究竟病在何处，这是思想的第一步工夫。然后根据于一生经验学问，提出种种解决的方法，提出种种医病的丹方，这是思想的第二步工夫。然后用一生的经验学问，加上想像的能力，推想每一种假定的解决法，该有什么样的效果，推想这种效果是否真能解决眼前这个困难问题。推想的结果，拣定一种假定的解决，认为我的主张，这是思想的第三步工夫。凡是有价值的主张，都是先经过这三步工夫来的。不如此，不算舆论家，只可算是抄书手。

读者不要误会我的意思。我并不是劝人不研究一切学说和一切"主义"。学理是我们研究问题的一种工具。没有学理做工具，就如同王阳明对着竹子痴坐，妄想"格物"，那是做不到的事。种种学说和主义，我们都应该研究。有了许多学理做材料，见了具体的问题，方才能寻出一个解决的方法。但是我希望中国的舆论家，把一切"主义"摆在脑背后，做参考资料，不要挂在嘴上做招牌，不要叫一知半解的人拾了这些半生不熟的主义去做口头禅。

"主义"的大危险，就是能使人心满意足，自以为寻着包医百病的"根本解决"，从此用不着费心力去研究这个那个具体问题的解决法了。

研究社会问题的方法

研究社会，当然和研究社会学的方法有关系。但这两种方法有不同的地方，就是社会学所研究的是社会状况；社会问题是研究个人生活状况。社会学是科学的，是普遍的；社会问题是地方的，是特别的。研究这两样的倾向既然不同，那研究的方法也该有区别。

再者，社会学的目的有两样：第一，要知道人类的共同生活究竟是什么样子。在社会里头，能不能把人类社会的普通道理找出来。第二，如果社会里的风俗习惯发生病的状态，应当用什么方法去补救。研究这两个问题，是社会学的目的。但我们研究社会问题，和它有一点不同。因为社会问题是特别的，是一国的，是地方的缘故。社会问题是怎样发生的呢？我们知道要等到社会里某种制度有了毛病，问题才能发生出来。如果没有毛病，就不会发生什么问题。好像走路、呼吸、饮食等等事体，平时不会发生问题，因为身体这时没有病的缘故。到了饮食不消化或呼吸不顺利的时候，那就是有病了，那就成为问题了。

中国有子孝妇顺的礼教，行了几千年，没有什么变迁。这是因为当时做儿子的和做媳妇的，对于孝顺的制度没有怀疑，所以不成问题。到现在的时候，做儿子的对于父母，做丈夫的对于妻子，做妻子的对于丈夫等等的礼法，都起了疑心。这一疑就是表明那些制度有点不适用，就是承认那些制度已经有了毛病。

要我们承认某种制度有了毛病，才能成为社会问题，才有研究的必要。我说研究社会问题，应当有四个目的。现在就用治病的方法来形容：第一，要知道病在什么地方。第二，病是怎样起的，他的原因在哪里。第三，已经知道病在哪里，就得开方给他，还要知某种药材的性质，能治什么病。第四，怎样用药。若是那病人身体太弱，就要想个用药的方法；是打针呢？是下补药呢？若是下药，是饭前呢？是饭后呢？是每天一次是每天两次呢？医生医治病人，短不了这四步。研究社会问题的人，也是这样。现在所用的比喻是医生治病，所以说的都是医术的名词。各位可别误会，在未入本题之前，我们需要避掉两件事：

一、须避掉偏僻的成见。我们研究一种问题，最要紧的就是把成见除掉。不然，就会受它的障碍。比方一个病人跑到医生那里，对医生说："我这病或者是昨天到火神庙里去，在那里中了邪，或是早晨吃了两个生鸡蛋，然后不舒服。"如果那个医生是精明的，他必不听这病人的话。他先要看看脉，试试温度，验大小便，分析血液，然后下个诊断。他的工夫是从事实上下手，他不管那病人所说中了什么邪，或是吃了什么东西，只是一味虚心地去检验。我们要做社会的医生也是如此。

平常人对于种种事体，往往存着一种成见。比方娼妓问题和纳妾问题，我们对于它们，都存着一种道德的或宗教的成见，所以得不着其中的真相。真相既不能得着，那解决的方法也就无从下手了。所以我们对于娼妓的生涯，是道德是不道德，先别管它；只要从事实上把它分析得明明白白，不要靠着成见。我们要研究它与社会的经济，家庭的生计，工厂的组织等等现象，有什么关系。比方研究北京的娼妓问题，就得知道北京有什么工厂，工厂的组织是怎样的；南北的娼妓从那里来，与生计问题有什么关系，与南方的工厂有什么关系；千万不要当他做道德的问题，要把这种成见除掉，再从各种组织做入手研究的工夫。

二、须除掉抽象的方法。我们研究一种问题，若是没有具体的方法，就永远没有解决的日子。在医书里头，有一部叫做《汤头歌诀》，乡下人把它背熟了，就可以挂起牌来做医生；他只知道某汤头是去暑的，某汤头是补益的，某汤头是温，某汤头是寒；病人的病理，他是一概不知道的。这种背熟几支歌诀来行医的医生，自然比那看脉、检温、验便、查血的医生忽略得多；要盼望他能够得着同样的效验，是不可能的。

研究社会问题的人，有时也犯了背歌诀的毛病。我们再拿娼妓问题来说，有些人不去研究以上所说种种的关系，专去说什么道德啦，妇女解放啦，社交公开啦，经济独立啦；要知道这些都和汤头歌歌诀一样，虽然天天把它们挂在嘴里，于事实上是毫无补益的；不但毫无补益，且能教我们把所有的事实忽略过去。所以我说，第二样要把抽象的方法除掉。

已经知道避掉这两件事情，我就要说到问题的身上，我已经把研究社会问题的方法分做四步，现在就照着次序讲下去。

一、病在什么地方

社会的组织非常复杂，必定要找一个下手研究的地方；不然，所研究的就没有头绪；也得不着什么效果。所以我们在调查以前，应当做四步工夫，才能够得着病的所在。

第一步分析问题。我们得着一个问题，就要把它分析清楚，然后检查它的毛病。……

第二步观察和调查。分析的工夫若是做完，我们就可以从事于问题的观察和调查。观察和调查的方法很多，我可以举出几条来给各位参考。

我们知道社会问题不是独立的。他有两种性质：一种是社会的，是成法的，非个人的。……一种是个人的，社会问题的发生，虽不在乎个人，然而社会是由个人组成的，他与个人自然有关系。因着这两种性质，我就说研究社会问题有两方面：一方面是内包，一方面是外延；我们要从这两方面研究。所以调查的工夫，越精密越好。我们拿北京的车夫来说，他会发生问题，也许与上海、广东有关系，也许与几千年前圣贤的话有关系；

你去问他们的境况，虽然是十分紧要，若是能够更进一步，就得向各方面去调查。

西洋现行的观察和调查的方法，总起来可以分做三样：

一、统计。统计的工夫，是国家的。他的方法，是派人分头向各区去调查，凡出入款、生死率、教育状况等等的事体，都要仔细地调查清楚，为的是可以比较。

二、社会测量（Social Survey）。研究社会问题的人测量社会，要像工程师测量土地一样。我们要选定一个区域，其中各方面的事体，像人口、宗教、生计、道德、家庭、卫生、生死等等，都要测量过，然后将所得的结果，来做一个详细的报告。

三十年前，英国有一位蒲斯（Booth）（今译布斯）专做这种社会测量的工夫。他花了好些金钱，才把伦敦的社会状况调查清楚。但三十年前的调查方法，不完全的地方很多，不必说的。此后有人把他工作继续下去，很觉得有点进步；近来美国也仿行起来了。社会测量的方法，在中国也可以仿行。好像天津，好像唐山，都可以指定他们来做一个测量的区域。我们要明白在一区里头种种事体，才可以想法子去补救它。因为社会问题过于要紧，过于复杂，决不能因着一家人的情形，就可以知道全体的。现在研究社会问题的人，大毛病就是把调查的工夫忽略了。要是忽略调查的工夫，整天空说"妇女解放""财产废除""教育平等"，到底有什么用处，有什么效果。

三、综合。用统计学的方法。把所得的材料，综合起来做统计书，或把它们画在图表上头。统计的好处，是在指明地方和时间，教我们能够下比较的工夫。他不但将所有的事实画在格里，还在底下解释它们的关系和结果。我们打开图表一看，就知道某两线是常在一处的，某线常比其他的线高，某线常比其他的线低，我们将没有关系的线，先搁在一边，专研究那有关系的，常在一处的。到我们得着解释的时候，那病的地方就不难知道啦。

我前次到山西去，看见学校行一种"自省"的制度。督军每日里派人到各学校去，监察学生自省和诵读圣书。我觉得奇怪，就向人打听一下，原来这制度是从前在军营里行的。军营里因为有了这自省的方法，就把花柳病减少到百分之六十。督军看见这个结果好，就把他用到学校去。我说这事有点错误，因为只靠花柳病减少的事实，就归功在自省上头，这样的判断是不准的。我们要看一看山西的教育在这几年的进步如何，太原的生活程度是不是高了，医术是不是进步了。这几方面，都应当用工夫去研究一下，看他们和军人的行为有什么关系，有什么影响。要是不明白种种的关系，只说是自省的功夫，恐怕这种判断有些不对。而且宜于军人的，未必宜于学生，若冒昧了，一定很危险。遗传说食指动就有东西吃，食指动和有东西吃，本来没有关系，因为食指动是没有意识的。若在食指动以后，果然有东西吃，就把这两件事联起来做一个因果，那是不对的。我们对于原因结果的判断，一定要用逻辑的方法，要合乎逻辑的判断。那事实的真原因，才能够得着。所以我们研究社会问题，要用逻辑的方法，才能够知道病的确在什么地方，和生病的原因在哪里。不然，所做的工夫，不但无功，而且很危险，这是应当注意的。

二、病怎样起

我们把病的地方查出来以后：就要做第二步的工夫，就是要考察那病的来源。社会的病的来源，可以分做两面看：一方面是纵的，一方面是横的；可以说一方面是历史的，一方面是地理的；一方面是时间的，一方面是空间的。社会上各种制度，不是和时间有关系，就是和空间有关系，或是对于两方面都有关系。所以研究社会问题，最要紧的是不要把这两面忽略过去。

先从空间的关系说罢，……我们应当考究上海和苏州的光景怎样变迁，上海女工的境遇如何，她们在纱厂里做工，一天赚几十个铜元，若是女孩子，还赚不上十个。因为这个缘故，就有些人宁愿把女儿卖给人或是典给人，也不教她们到工厂里去做工。……这……就是横的、地理的、空间的关系，要把她们看清楚才好。

社会问题，在时间上的关系，也是很重要的。时间的关系是什么呢？……孔子说得好："臣弑其君，子弑其父，非一朝一夕之故，其所由来者渐矣。"这几句话，就是指明凡事都有一种历史的原因。所以对于问题，不要把他的历史的、纵的、时间的关系，忽略过去。

我再举一个例，办丧事的糜费，大概各位都承认是不对的。从前我住在竹竿巷的时候，在我们邻近有一所洗衣服的人家，也曾给我们洗衣服，所赚的钱是很少很少的；但是到他办丧事的时候，也免不了糜费。中国人办丧事要糜费，因为那是一种大礼。所以要从丧礼的历史去研究，才能得着其中的真相。

原来古代的丧服制度，有好几等。有行礼的，有不行礼的。第一等的人，可以哭好几天，不必做什么事；因为所有的事情，都有人替他办理，所以他整天躺着，哀至就哭，哭到要用人扶才站起来。所谓"百官备，百物具，不言而事行者，扶而起"，就是说这一等的丧礼，要行这样礼，不是皇帝诸侯就不能办得到。次一等的呢？有好些事体都要差人去办，所以自己要出主意，哭的时间也就少了。起来的时候，只用杖就可以，再不必用人去扶。所谓"言而后事行者，杖而起"，就是指着这一类说的。古代的大夫、士，都是行这样的礼。下等的人，所有的事都要自己去做，可以不必行礼，只要不洗脸就够了。所以说"身自执事而后行者，面垢而已"。这几等的制度，都是为古代的人而设的，所谓"礼不下庶人，刑不上大夫"，就是表明古礼尽为"士"以上的人而作，小百姓不必讲究。后来贵族阶级打破了，这种守礼的观念还留住，并且行到小百姓身上去。

现在中国一般人所行的丧礼，都是随着"四民之首"的"士"。他们守礼，本来没有"杖而后能起，扶而后能行"的光景，为行礼就存着一个形式，走路走得很稳，还要用杖。古时的丧服，本来不缝，现在的人，只在底下衩开一点，这都是表明从前的帝王、诸侯、大夫、士所行的真礼，一到小百姓用的时候，就变成假的。所以我们从历史方面去研究丧礼，就知道某礼节从前可以行，现在可以不必行，从前行了有意思，现在就没有意思。我们从这方面研究，将来要改良它，就可以减少许多阻力。

以上说的是第二步工夫。我们要知道病的起源，一部分是空间的关系，一部分是时间的关系，因为明白这两种的关系，才能够诊断那病是怎样发生的。以下我就要说开方和用药的方法。

三、怎样用药

要是我们不知道病在什么地方，不知道病从何而来，纵使用了好些药，也是没有功效的。已经知道病在哪里，已经知道病的起因，还要明白药性和用药的方法。我在这里可以举出两个法子来：第一是调查。我们把问题各种特别的情形调查清楚，然后想法子去补救，这是我已经说过的。现在可以不必讲。第二是参考。我曾说用汤头来治病是不对的。因为有些地方要得着参考材料，才可以规定用药的方法。检查温度，试验大小便，分析血液，这些事体要医生才知道。若是给我做也做不来。这是什么缘故？因为我不是医生。没有拿什么大小便血液来比较或参考过的缘故。若是我们对于一个问题，不能多得参考的材料，虽然调查得很清楚，也是无用。

我们所用参考的材料，除用社会学、经济学、历史和其他的参考书以外，还要参考人家研究的结果。比方……禁酒问题，人家怎样立法，怎样教育，怎样鼓吹，结果都是什么。我不是说要用人所得的结果来做模范，因为那很容易陷到盲从的地步。我们只要知道在同一的问题里头，哪一部分和人相同，哪一部分和人不同。将各部分详细地比较，详细地参考，然后定补救的方法。

有人从美国回来，看见人家禁酒有了成效，就想摹仿人家。孰不知美国的酒害与中国的酒害很不相同，哪里能够把他们的法子全然应用呢！美国的酒鬼，常常在街上打人，或是在家里打老婆；中国的醉翁，和他们是很不相同的。情形既然不同，就不能像人家用讲演或登报的方法来鼓吹。譬如要去北京的酒害，就得调查饮酒的人，看他们的酒癖和精神生计等等，有什么关系。何以酒害对于上等人不发生关系，专在下等人中间显露出来。我们拿这些事实来比较，又将别人所得的结果来参考，然后断定那用药的方法。我们能够聚集许多参考材料，把它们画成一张图表，为的是容易比较，所以参考材料不怕多，越多越好比较。

四、用药的功效

这里所谓功效，和社会学家的说法不同。社会学家不过把用药以后的社会现象记出来，此外可以不计较。社会改良家，一说就要自己动手去做，他所说的方法，一定要合乎实用才成。天下有许多好事，给好人弄坏了，这缘故是因为他有好良心，却没有好方法，所以常常偾事。社会改良家的失败，也是由于不去研究补救的方法而来。现在西洋所用的方法很多，我就将几样可以供我们参考的举出来：

一、公开事业。有许多问题，一到公开的时候，那问题已是解决一大半了。公开的意思，就是把那问题的真相公布出来，教大家都能了解。社会改良家的职分，就是要把社会的秘密，社会的黑幕揭开。中国现在有许多黑幕书籍，他说是黑幕，其实里头一点真事也没有。不过是一班坏人，用些枝枝节节的方法，鼓吹人去做坏事罢了。这里所说的公开，自然不是和那黑幕书一样。……遇着这种情形，若是调查社会的人把它发表出来，教人人明白黑幕里的勾当。以后有机会，再加上政治的权力把那黑幕除掉，那问题就完全解决了。

二、模范生活。现在有许多人主张大学移殖事业。这种事业，英文叫做Social settlement。翻出来就是"社会的殖民地"。但我以为翻做"贫民区域居留地"更好。移殖事业是怎样的呢？比方这里有许多大学的学生，暑假的时候，不上西山去，不到北戴河去，结几个同志到城市中极贫穷的区域去住，在那里教一般的贫民念书、游戏和作工等等日用的常识。贫民得着大学生和他们住在一块，就渐渐地受感化，因此可以减掉许多困难的问题。我们做学生的一定要牺牲一点工夫，去做这模范生活，因为我们对于这事，不但要宣传，而且要尽力去实行。

三、社会的立法（Social legislation）。社会的立法，就是用社会的权力，教政府立一种好的法度。这事我们还不配讲，因为有些地方，不能由下面做上来，还要由上面做下去。我们在唐山看见一种包工制度，一个工人的工钱，本来是一元，但是工头都包去招些七毛的，得七毛的也不做工，包给六毛的，得六毛的就去招一班人来，住在一个"乌窑"里头。他们的工钱，都给那得六毛的、得七毛的、得一元的工头分散了。他们一天的生活，只靠着五个铜子，要教他们出来组织工党，是不成功的。欧美各国的工人，都能要求政府立法，因为好些事是他们自己的能力所办不到的，好像身体损伤保险，生命保险，子女的保护和工作时间的规定，都是要靠社会的立法才能办得到的。上海的女子在工厂里做工，只能赚九个铜子，教他们自己去要求以上那些事，自然办不到，所以要靠着社会替他们设法。我们由历史方面看，国家是一种最有用的工具。用的好就可以替社会造福，社会改良家一定要利用它，因为它可以帮助我们做好些事。

以上三种方法，不过是略略地举一些例。此外还有许多方法，因为不大合我们的采用，所以我不讲。

结论

我已经把研究社会问题四层的工夫讲完了。总结起来，可以分做两面：一面是研究的人，自己应当动手去做，不要整天住在家里，只会空口说白话。第二面是要多得参考的材料。从前就是因为没有参考材料，所以不发生问题。现在可就不然，所以我很盼望各位一面要做研究的学者，一面要做改良社会的实行家。

非个人主义的新生活

这个题目是我在山东道上想着的，后来曾在天津学生联合会的学术讲演会讲过一次，又在唐山的学术讲演会讲过一次。唐山的演稿由一位刘赞清君记出，登在1月15日《时事新报》上。我这一篇的大意是对于新村的运动贡献一点批评。这种批评是否合理，我也不敢说。但是我自信这一篇文字是研究考虑的结果，并不是根据于先有的成见的。

本篇有两层意思。一是表示我不赞成现在一般有志青年所提倡，我所认为"个人主义的"新生活。一是提出我所主张的"非个人主义的"新生活，就是"社会的"新生活。

先说什么叫做"个人主义"（Individualism）。一月二夜（就是我在天津讲演前一晚），杜威博士在天津青年会讲演《真的与假的个人主义》，他说：个人主义有两种：

（1）假的个人主义——就是为我主义（Egoism）。他的性质是自私自利：只顾自己的利益，不管群众的利益。

（2）真的个人主义——就是个性主义（Individuality）。他的特性有两种：一是独立思想，不肯把别人的耳朵当耳朵，不肯把别人的眼睛当眼睛，不肯把别人的脑力当自己的脑力；二是个人对于自己思想信仰的结果要负完全责任，不怕权威，不怕监禁杀身，只认得真理，不认得个人的利害。

杜威先生极力反对前一种假的个人主义，主张后一种真的个人主义。这是我们都赞成的。但是他反对的那种自私自利的个人主义的害处，是大家都明白的。因为人多明白这种主义的害处，故他的危险究竟不很大。例如东方现在实行这种极端为我主义的"财主督军"，无论他们眼前怎样横行，究竟逃不了公论的怨恨，究竟不会受多数有志青年的崇拜。所以我们可以说这种主义的危险是很有限的。但是我觉得"个人主义"还有第三派，是很受人崇敬的，是格外危险的。这一派是：

（3）独善的个人主义。他的共同性质是：不满意于现社会，却又无可如何，只想跳出这个社会去寻一种超出现社会的理想生活。

这个定义含有两部分：（1）承认这个现社会是没有法子挽救的了；（2）要想在现社会之外另寻一种独善的理想生活。自有人类以来，这种个人主义的表现也不知有多少次了。简括说来，共有四种：

（一）宗教家的极乐国。……这种理想的原起，都由于对现社会不满意。因为厌恶现社会，故悬想那些无量寿，无量光的净土；不识不知，完全天趣的伊甸园；只有快乐，毫无痛苦的天国。这种极乐国里所没有的，都是他们所厌恨的；所有的，都是他们所梦想而不能得到的。

（二）神仙生活。神仙的生活也是一种悬想的超出现社会的生活。人世有疾病痛苦，神仙无病长生；人世愚昧无知，神仙能知过去未来；人生不自由，神仙乘云遨游，来去自由。

（三）山林隐逸的生活。前两种是完全出世的；他们的理想生活是悬想的，渺茫的，出世生活。山林隐逸的生活虽然不是完全出世的，也是不满意于现社会的表示。他们不满意于当时的社会政治，却又无能为力，只得隐姓埋名，逃出这个恶浊社会去做他们自己理想中的生活。他们不能"得君行道"，故对于功名利禄，表示藐视的态度；他们痛恨富贵的人骄奢淫逸，故说富贵如同天上的浮云，如同脚下的破草鞋。他们痛恨社会上有许多不耕而食，不劳而得的"吃白阶级"，故自己耕田锄地，自食其力。他们厌恶这污浊的社会，故实行他们理想中梅妻鹤子，渔蓑钓艇的洁净生活。

（四）近代的新村生活。近代的新村运动，如十九世纪法国、美国的理想农村，如现在日本日向的新村，照我的见解看起来，实在同山林隐逸的生活是根本相同的。那不同的地方，自然也有。山林隐逸是没有组织的，新村是有组织的：这是一种不同。隐遁的生活是同世事完全隔绝的，故有"不知有汉，遑论魏晋"的理想；现在的新村的人能有赏玩Rodin（罗丹）同Cézanne（塞尚）的幸福，还能在村外著书出报：这又是一种不同。但是这两种不同都是时代造成的，是偶然的，不是根本的区别。从根本性质上看来，新村的运动都是对于现社会不满意的表示。即如日向的新村，他们对于现在"少数人在多数人的不幸上，筑起自己的幸福"的社会制度，表示不满意，自然是公认的事实。周作人先生说日向新村里有人把中国看作"最自然，最自在的国"（《新潮》二，页七五）。这是他们对于日本政制极不满意的一种牢骚话，很可玩味的。武者小路实笃先生一班人虽然极不满意于现社会，却又不赞成用"暴力"的改革。他们都是"真心仰慕着平和"的人。他们于无可如何之中，想出这个新村的计划来。周作人先生说，"新村的理想，要将历来非暴力不能做到的事，用和平方法得来"（《新青年》七，二，一三四）。这个和平方法就是离开现社会，去做一种模范的生活。"只要万人真希望这种的世界，这世界便能实现。"（《新青年》同上）这句话不但是独善主义的精义，简直全是净土宗的口气了！所以我把新村来比山林隐逸，不算冤枉他；就是把他来比求净土天国的宗教运动，也不算玷辱他。不过他们的"净土"是在日向，不在西天罢了。

我这篇文章要批评的"个人主义的新生活"，就是指这一种跳出现社会的新村生活。这种生活，我认为"独善的个人主义"的一种。"独善"两个字是从孟轲"穷则独善其身"一句话上来的。有人说：新村的根本主张是要人人"尽了对于人类的义务，却又完全发展自己个性"；如此看来，他们既承认"对于人类的义务"，如何还是独善的个人主义呢。我说：这正是个人主义的证据。试看古往今来主张个人主义的思想家，从希腊的"狗派"（Cynic）（今译犬儒）以至十八九世纪的个人主义，哪一个不是一方面崇拜个人，一方面崇拜那广漠的"人类"的？主张个人主义的人，只是否认那些切近的伦谊，——或是家族，或是"社会"，或是国家，——但是因为要推翻这些比较狭小逼人的伦谊，不得不捧出那广漠不逼人的"人类"。所以凡是个人主义的思想家，没有一个不承认这个双重关系的。

新村的人主张"完全发展自己个性"，故是一种个人主义。他们要想跳出现社会去发展自己个性，故是一种独善的个人主义。

这种新村的运动，因为恰合现在青年不满意于现社会的心理，故近来中国也有许多人欢迎，赞叹，崇拜。我也是敬仰武者先生一班人的，故也曾仔细考究这个问题。我考究的结果是不赞成这种运动。我以为中国的有志青年不应该仿行这种个人主义的新生活。

这种新村的运动有什么可以反对的地方呢？

第一，因为这种生活是避世的，是避开现社会的。这就是让步。这便不是奋斗。我们自然不应该提倡"暴力"，但是非暴力的奋斗是不可少的。我并不是说武者先生一班人没有奋斗的精神。他们在日本能提倡反对暴力的论调，——如《一个青年的梦》——自然是有奋斗精神的。但是他们的新村计划想避开现社会里"奋斗的生活"，去寻那现社会外"生活的奋斗"，这便是一大让步。武者先生的《一个青年的梦》里的主人翁最后有几句话，很可玩味。他说：

  ……请宽恕我的无力。——宽恕我的话的无力。但我心里所有的对于美丽的国的仰慕，却要请诸君体察的。（《新青年》七，二，一〇二）

我们对于日向的新村应该作如此观察。

第二，在古代，这种独善主义还有存在的理由；在现代，我们就不该崇拜他了。古代的人不知道个人有多大的势力，故孟轲说："穷则独善其身，达则兼善天下。"古人总想，改良社会是"达"了以后的事业，——是得君行道以后的事业；故承认个人——穷的个人——只能做独善的事业，不配做兼善的事业。古人错了。现在我们承认个人有许多事业可做。人人都是一个无冠的帝王，人人都可以做一些改良社会的事。去年的五四运动和六三运动，何尝是"得君行道"的人做出来的？知道个人可以做事，知道有组织的个人更可以作事，便可以知道这种个人主义的独善生活是不值得摹仿的了。

第三，他们所信仰的"泛劳动主义"是很不经济的。他们主张："一个人生存上必要的衣食住，论理应该用自己的力去得来，不该要别人代负这责任。"这话从消极一方面看，——从反对那"游民贵族"的方面看，——自然是有理的。但是从他们的积极实行方面看，他们要"人人尽劳动的义务，制造这生活的资料"，——就是衣食住的资料，——这便是"矫枉过正"了。人人要尽制造衣食住的资料的义务，就是人人要加入这生活的奋斗（周作人先生再三说新村里平和幸福的空气，也许不承认"生活的奋斗"的话；但是我说的，并不是人同人争面包米饭的奋斗，乃是人在自然界谋生存的奋斗；周先生说新村的农作物至今还不够自用，便是一证）。现在文化进步的趋势，是要使人类渐渐减轻生活的奋斗至最低度，使人类能多分一些精力出来，做增加生活意味的事业。新村的生活使人人都要尽"制造衣食住的资料"的义务，根本上否认分功进化的道理，增加生活的奋斗，是很不经济的。

第四，这种独善的个人主义的根本观念就是周先生说的"改造社会，还要从改造个人做起"。我对于这个观念，根本上不能承认。这个观念的根本错误在于把"改造个人"与"改造社会"分作两截；在于把个人看作一个可以提到社会外去改造的东西。要知道个人是社会上种种势力的结果。我们吃的饭，穿的衣服，说的话，呼吸的空气，写的字，有的思想，……没有一件不是社会的。我曾有几句诗，说："……此身非吾有：

一半属父母，一半属朋友"。当时我以为把一半的我归功社会，总算很慷慨了。后来我才知道这点算学做错了！父母给我的真是极少的一部分。其余各种极重要的部分，如思想，信仰，知识，技术，习惯，……等等，都是社会给我的。我穿线袜的法子是一个徽州同乡教我的；我穿皮鞋打的结能不散开，是一个美国女朋友教我的。这两件极细碎的例，很可以说明这个"我"是社会上无数势力所造成的。社会上的"良好分子"并不是生成的，也不是个人修炼成的，——都是因为造成他们的种种势力里面，良好的势力比不良的势力多些。反过来，不良的势力比良好的势力多，结果便是"恶劣分子"了。古代的社会哲学和政治哲学只为要妄想凭空改造个人，故主张正心，诚意，独善其身的办法。这种办法其实是没有办法，因为没有下手的地方。近代的人生哲学渐渐变了，渐渐打破了这种迷梦，渐渐觉悟：改造社会的下手方法在于改良那些造成社会的种种势力，——制度，习惯，思想，教育，等等。那些势力改良了，人也改良了。所以我觉得"改造社会要从改造个人做起"还是脱不了旧思想的影响。我们的根本观念是：

个人是社会上无数势力造成的。

改造社会须从改造这些造成社会，造成个人的种种势力做起。

改造社会即是改造个人。

新村的运动如果真是建筑在"改造社会要从改造个人做起"一个观念上，我觉得那是根本错误了。改造个人也是要一点一滴的改造那些造成个人的种种社会势力。不站在这个社会里来做这种一点一滴的社会改造，却跳出这个社会去"完全发展自己个性"，这便是放弃现社会，认为不能改造；这便是独善的个人主义。

以上说的是本篇的第一层意思。现在我且简单说明我所主张的"非个人主义的"新生活是什么。这种生活是一种"社会的新生活"；是站在这个现社会里奋斗的生活；是霸占住这个社会来改造这个社会的新生活。他的根本观念有三条：

（1）社会是种种势力造成的，改造社会须要改造社会的种种势力。这种改造一定是零碎的改造，——一点一滴的改造，一尺一步的改造。无论你的志愿如何宏大，理想如何彻底，计划如何伟大，你总不能拢统的改造，你总不能不做这种"得寸进寸，得尺进尺"的工夫。所以我说：社会的改造是这种制度那种制度的改造，是这种思想那种思想的改造，是这个家庭那个家庭的改造，是这个学堂那个学堂的改造。

（**附注**）有人说："社会的种种势力是互相牵掣的，互相影响的。这种零碎的改造，是不中用的。因为你才动手改这一种制度，其余的种种势力便围拢来牵掣你了。如此看来，改造还是该做拢统的改造。"我说不然。正因为社会的势力是互相影响牵掣的，故一部分的改造自然会影响到别种势力上去。这种影响是最切实的，最有力的。近年来的文字改革，自然是局部的改革，但是他所影响的别种势力，竟有意想不到的多。这不是一个很明显的例吗？

（2）因为要做一点一滴的改造，故有志做改造事业的人必须要时时刻刻存研究的态度，做切实的调查，下精细的考虑，提出大胆的假设，寻出实验的证明。这种新生活是研究的生活，是随时随地解决具体问题的生活。具体的问题多解决了一个，便是社会的改造进了那么多一步。做这种生活的人要睁开眼睛，公开心胸；要手足灵敏，耳目聪明，心思活泼；要欢迎事实，要不怕事实；要爱问题，要不怕问题的逼人！

（3）这种生活是要奋斗的。要避世的独善主义是与人无忤，与世无争的；故不必奋斗。这种"淑世"的新生活，到处翻出不中听的事实，到处提出不中听的问题，自然是很讨人厌的，是一定要招起反对的。反对就是兴趣的表示，就是注意的表示。我们对于反对的旧势力，应该作正当的奋斗，不可退缩。我们的方针是：奋斗的结果，要使社会的旧势力不能不让我们；切不可先就偃旗息鼓退出现社会去，把这个社会双手让给旧势力。换句话说，应该使旧社会变成新社会，使旧村变为新村，使旧生活变为新生活。

　　我且举一个实际的例。英美近二三十年来，有一种运动，叫做"贫民区域居留地"的运动（Social Settlements）。这种运动的大意是：一班青年的男女，——大都是大学的毕业生，——在本城拣定一块极龌龊，极不堪的贫民区域，买一块地，造一所房屋。这一班人便终日在这里面做事。这屋里，凡是物质文明所赐的生活需要品，——电灯，电话，热气，浴室，游水池，钢琴，话匣等等，——无一不有。他们把附近的小孩子，——垢面的孩子，顽皮的孩子，——都招拢来，教他们游水，教他们读书，教他们打球，教他们演说辩论，组成音乐队，组成演剧团，教他们演戏奏艺。还有女医生和看护妇，天天出去访问贫家，替他们医病，帮他们接生和看护产妇。病重的，由"居留地"的人送入公家医院。因为天下贫民都是最安本分的，他们眼见那高楼大屋的大医院，心里以为这定是为有钱人家造的，决不是替贫民诊病的；所以必须有人打破他们这种见解，教他们知道医院不是专为富贵人家的。还有许多贫家的妇女每日早晨出门做工，家里小孩子无人看管，所以"居留地"的人教他们把小孩子每天寄在"居留地"里，有人替他们洗浴，换洗衣服，喂他们饮食，领他们游戏。到了晚上，他们的母亲回来了，各人把小孩领回去。这种小孩子从小就在洁净慈爱的环境里长大，渐渐养成了良好习惯，回到家中，自然会把从前的种种污秽的环境改了。家中的大人也因时时同这种新生活接触，渐渐的改良了。我在纽约时，曾常常去看亨利街上的一所居留地，是华德女士（Lilian Wald）（今译沃尔德）办的。有一晚我去看那条街上的贫家子弟演戏，演的是贝里（Barry）（今译巴里）的名剧。我至今回想起来，他们演戏的程度比我们大学的新戏高得多咧！

　　这种生活是我所说的"非个人主义的新生活"！是我所说的"变旧社会为新社会，变旧村为新村"的生活！这也不是用"暴力"去得来的！我希望中国的青年要做这一类的新生活，不要去模仿那跳出现社会的独善生活。我们的新村就在我们自己的旧村里！我们所要的新村是要我们自己的旧村变成的新村！

可爱的男女少年！我们的旧村里我们可做的事业多得很咧！村上的鸦片烟灯还有多少？村上的吗啡针害死了多少人？村上缠脚的女子还有多少？村上的学堂成个什么样子？村上的绅士今年卖选票得了多少钱？村上的神庙香火还是怎么兴旺？村上的医生断送了几百条人命？村上的煤矿工人每日只拿到五个铜子，你知道吗？村上多少女工被贫穷逼去卖淫，你知道吗？村上的工厂没有避火的铁梯，昨天火起，烧死了一百多人，你知道吗？村上的童养媳妇被婆婆打断了一条腿，村上的绅士逼他的女儿饿死做烈女，你知道吗？

有志求新生活的男女少年！我们有什么权利，丢开这许多的事业去做那避世的新村生活！我们放着这个恶浊的旧村，有什么面孔，有什么良心，去寻那"和平幸福"的新村生活！

新思潮的意义

一

近来报纸上发表过几篇解释"新思潮"的文章。我读了这几篇文章，觉得他们所举出的新思潮的性质，或太琐碎，或太拢统，不能算作新思潮运动的真确解释，也不能指出新思潮的将来趋势。即如包世杰先生的《新思潮是什么》一篇长文，列举新思潮的内容，何尝不详细？但是他究竟不曾使我们明白那种种新思潮的共同意义是什么。比较最简单的解释要算我的朋友陈独秀先生所举出的《新青年》两大罪案，——其实就是新思潮的两大罪案，——一是拥护德莫克拉西先生（民治主义），一是拥护赛因斯先生（科学）。陈先生说：

　　要拥护那德先生，便不得不反对孔教，礼法，贞节，旧伦理，旧政治。要拥护那赛先生，便不得不反对旧艺术，旧宗教。要拥护德先生，又要拥护赛先生，便不得不反对国粹和旧文学。

（《新青年》六卷一号页一〇）

这话虽然很简明，但是还嫌太拢统了一点。假使有人问："何以要拥护德先生和赛先生便不能不反对国粹和旧文学呢？"答案自然是："因为国粹和旧文学是同德、赛两位先生反对的。"又问："何以凡同德、赛两位先生反对的东西都该反对呢？"这个问题可就不是几句拢（笼）统简单的话所能回答的了。

据我个人的观察，新思潮的根本意义只是一种新态度。这种新态度可叫做"评判的态度"。

评判的态度，简单说来，只是凡事要重新分别一个好与不好。仔细说来，评判的态度含有几种特别的要求：

（1）对于习俗相传下来的制度风俗，要问："这种制度现在还有存在的价值吗？"

（2）对于古代遗传下来的圣贤教训，要问："这句话在今日还是不错吗？"

（3）对于社会上糊涂公认的行为与信仰，都要问："大家公认的，就不会错了吗？人家这样做，我也该这样做吗？难道没有别样做法比这个更好，更有理，更有益的吗？"

尼采说现今时代是一个"重新估定一切价值"（Transvaluation of all Values）的时代。"重新估定一切价值"八个字便是评判的态度的最好解释。从前的人说妇女的脚越小越美。现在我们不但不认小脚为"美"，简直说这是"惨无人道"了。十年前，人家和店家都用鸦片烟敬客。现在鸦片烟变成犯禁品了。二十年前，康有为是洪水猛兽一般的维新党。现在康有为变成老古董了。康有为并不曾变换，估价的人变了，故他的价值也跟着变了。这叫做"重新估定一切价值"。

我以为现在所谓"新思潮"，无论怎样不一致，根本上同有这公共的一点：——评判的态度。孔教的讨论只是要重新估定孔教的价值。文学的评论只是要重新估定旧文学的价值。贞操的讨论只是要重新估定贞操的道德在现代社会的价值。旧戏的评论只是要重新估定旧戏在今日文学上的价值。礼教的讨论只是要重新估定古代的纲常礼教在今日还有什么价值。女子的问题只是要重新估定女子在社会上的价值。政府与无政府的讨论，财产私有与公有的讨论，也只是要重新估定政府与财产等等制度在今日社会的价值。……我也不必往下数了，这些例很够证明这种评判的态度是新思潮运动的共同精神。

二

这种评判的态度，在实际上表现时，有两种趋势。一方面是讨论社会上，政治上，宗教上，文学上种种问题。一方面是介绍西洋的新思想，新学术，新文学，新信仰。前者是"研究问题"，后者是"输入学理"。这两项是新思潮的手段。

我们随便翻开这两三年以来的新杂志与报纸，便可以看出这两种的趋势。在研究问题一方面，我们可以指出（1）孔教问题，（2）文学改革问题，（3）国语统一问题，（4）女子解放问题，（5）贞操问题，（6）礼教问题，（7）教育改良问题，（8）婚姻问题，（9）父子问题，（10）戏剧改良问题，……等等。在输入学理一方面，我们可以指出《新青年》的"易卜生号""马克思号"，《民铎》的"现代思潮号"，《新教育》的"杜威号"，《建设》的"全民政治"的学理，和北京《晨报》《国民公报》《每周评论》，上海《星期评论》《时事新报》《解放与改造》，广州《民风周刊》……等等杂志报纸所介绍的种种西洋新学说。

为什么要研究问题呢？因为我们的社会现在正当根本动摇的时候，有许多风俗制度，向来不发生问题的，现在因为不能适应时势的需要，不能使人满意，都渐渐的变成困难的问题，不能不彻底研究，不能不考问旧日的解决法是否错误；如果错了，错在什么地方；错误寻出了，可有什么更好的解决方法；有什么方法可以适应现时的要求。例如孔教的问题，向来不成什么问题；后来东方文化与西方文化接近，孔教的势力渐渐衰微，于是有一班信仰孔教的人妄想要用政府法令的势力来恢复孔教的尊严；却不知道这种高压的手段恰好挑起一种怀疑的反动。因此，民国四五年的时候，孔教会的活动最大，反对孔教的人也最多。孔教成为问题就在这个时候。现在大多数明白事理的人，已打破了孔教的迷梦，这个问题又渐渐的不成问题了，故安福部的议员通过孔教为修身大本的议案时，国内竟没有人睬他们了！

又如文学革命的问题。向来教育是少数"读书人"的特别权利，于大多数人是无关系的，故文字的艰深不成问题。近来教育成为全国人的公共权利，人人知道普及教育是不可少的，故渐渐的有人知道文言在教育上实在不适用，于是文言白话就成为问题了。后来有人觉得单用白话做教科书是不中用的，因为世间决没有人情愿学一种除了教科书以外便没有用处的文字。这些人主张：古文不但不配做教育的工具，并且不配做文学的利器；若要提倡国语的教育，先须提倡国语的文学。文学革命的问题就是这样发生的。现在全国教育联合会已全体一致通过小学教科书改用国语的议案，况且用国语做文章的人也渐渐的多了，这个问题又渐渐的不成问题了。

为什么要输入学理呢？这个大概有几层解释。一来呢，有些人深信中国不但缺乏炮弹，兵船，电报，铁路，还缺乏新思想与新学术，故他们尽量的输入西洋近世的学说。二来呢，有些人自己深信某种学说，要想他传播发展，故尽力提倡。三来呢，有些人自己不能做具体的研究工夫，觉得翻译现成的学说比较容易些，故乐得做这种稗贩事业。四来呢，研究具体的社会问题或政治问题，一方面做那破坏事业，一方面做对症下药的工夫，不但不容易，并且很遭犯忌讳，很容易惹祸，故不如做介绍学说的事业，借"学理研究"的美名，既可以避"过激派"的罪名，又还可以种下一点革命的种子。五来呢，研究问题的人，势不能专就问题本身讨论，不能不从那问题的意义上着想；但是问题引申到意义上去，便不能不靠许多学理做参考比较的材料，故学理的输入往往可以帮助问题的研究。

这五种动机虽然不同，但是多少总含有一种"评判的态度"，总表示对于旧有学术思想的一种不满意，和对于西方的精神文明的一种新觉悟。

但是这两三年新思潮运动的历史应该给我们一种很有益的教训。什么教训呢？就是：这两三年来新思潮运动的最大成绩差不多全是研究问题的结果。新文学的运动便是一个最明白的例。这个道理很容易解释。凡社会上成为问题的问题，一定是与许多人有密切关系的。这许多人虽然不能提出什么新解决，但是他们平时对于这个问题自然不能不注意。若有人能把这个问题的各方面都细细分析出来，加上评判的研究，指出不满意的所在，提出新鲜的救济方法，自然容易引起许多人的注意。起初自然有许多人反对。但是反对便是注意的证据，便是兴趣的表示。试看近日报纸上登的马克思的《赢余价值论》（今译《剩余价值论》），可有反对的吗？可有讨论的吗？没有人讨论，没有人反对，便是不能引起人注意的证据。研究问题的文章所以能发生效果，正为所研究的问题一定是社会人生最切要的问题，最能使人注意，也最能使人觉悟。悬空介绍一种专家学说，如《赢余价值论》之类，除了少数专门学者之外，决不会发生什么影响。但是我们可以在研究问题里面做点输入学理的事业，或用学理来解释问题的意义，或从学理上寻求解决问题的方法。用这种方法来输入学理，能使人于不知不觉之中感受学理的影响。不但如此，研究问题最能使读者渐渐的养成一种批评的态度，研究的兴趣，独立思想的习惯。十部"纯粹理性的评判"，不如一点评判的态度；十篇"赢余价值论"，不如一点研究的兴趣；十种"全民政治论"，不如一点独立思想的习惯。

总起来说：研究问题所以能于短时期中发生很大的效力，正因为研究问题有这几种好处：（1）研究社会人生切要的问题最容易引起大家的注意；（2）因为问题关切人生，故最容易引起反对，但反对是该欢迎的，因为反对便是兴趣的表示，况且反对的讨论不但给我们许多不要钱的广告，还可使我们得讨论的益处，使真理格外分明；（3）因为问题是逼人的活问题，故容易使人觉悟，容易得人信从；（4）因为从研究问题里面输入的学理，最容易消除平常人对于学理的抗拒力，最容易使人于不知不觉之中受学理的影响；（5）因为研究问题可以不知不觉的养成一班研究的，评判的，独立思想的革新人才。

这是这几年新思潮运动的大教训！我希望新思潮的领袖人物以后能了

解这个教训，能把全副精力贯注到研究问题上去；能把一切学理不看作天经地义，但看作研究问题的参考材料；能把一切学理应用到我们自己的种种切要问题上去；能在研究问题上面做输入学理的工夫；能用研究问题的工夫来提倡研究问题的态度，来养成研究问题的人才。

这是我对于新思潮运动的解释。这也是我对于新思潮将来的趋向的希望。

三

以上说新思潮的"评判的精神"在实际上的两种表现。现在要问："新思潮的运动对于中国旧有的学术思想，持什么态度呢？"

我的答案是："也是评判的态度。"

分开来说，我们对于旧有的学术思想有三种态度。第一，反对盲从；第二，反对调和；第三，主张整理国故。

盲从是评判的反面，我们既主张"重新估定一切价值"，自然要反对盲从。这是不消说的了。

为什么要反对调和呢？因为评判的态度只认得一个是与不是，一个好与不好，一个适与不适，——不认得什么古今中外的调和。调和是社会的一种天然趋势。人类社会有一种守旧的惰性，少数人只管趋向极端的革新，大多数人至多只能跟你走半程路。这就是调和。调和是人类懒病的天然趋势，用不着我们来提倡。我们走了一百里路，大多数人也许勉强走三四十里。我们若先讲调和，只走五十里，他们就一步都不走了。所以革新家的责任只是认定"是"的一个方向走去，不要回头讲调和。社会上自然有无数懒人懦夫出来调和。

我们对于旧有的学术思想，积极的只有一个主张，——就是"整理国故"。整理就是从乱七八糟里面寻出一个条理脉络来；从无头无脑里面寻出一个前因后果来；从胡说谬解里面寻出一个真意义来；从武断迷信里面寻出一个真价值来。为什么要整理呢？因为古代的学术思想向来没有条理，没有头绪，没有系统，故第一步是条理系统的整理。因为前人研究古书，很少有历史进化的眼光的，故从来不讲究一种学术的渊源，一种思想的前因后果，所以第二步是要寻出每种学术思想怎样发生，发生之后有什么影响效果。因为前人读古书，除极少数学者以外，大都是以讹传讹的谬说，——如太极图，爻辰，先天图，卦气，……之类，——故第三步是要用科学的方法，作精确的考证，把古人的意义弄得明白清楚。因为前人对于古代的学术思想，有种种武断的成见，有种种可笑的迷信，如骂杨朱、墨翟为禽兽，却尊孔丘为德配天地，道冠古今！故第四步是综合前三步的研究，各家都还他一个本来真面目，各家都还他一个真价值。

这叫做"整理国故"。现在有许多人自己不懂得国粹是什么东西，却偏要高谈"保存国粹"。林琴南先生做文章论古文之不当废，他说，"吾知其理而不能言其所以然！"现在许多国粹党，有几个不是这样糊涂懵懂的？这种人如何配谈国粹？若要知道什么是国粹，什么是国渣，先须要用评判的态度，科学的精神，去做一番整理国故的工夫。

四

新思潮的精神是一种评判的态度。

新思潮的手段是研究问题与输入学理。

新思潮的将来趋势，依我个人的私见看来，应该是注重研究人生社会的切要问题，应该于研究问题之中做介绍学理的事业。

新思潮对于旧文化的态度，在消极一方面是反对盲从，是反对调和；在积极一方面，是用科学的方法来做整理的工夫。

新思潮的唯一目的是什么呢？是再造文明。

文明不是拢统造成的，是一点一滴的造成的。进化不是一晚上拢统进化的，是一点一滴的进化的。现今的人爱谈"解放与改造"，须知解放不是拢统解放，改造也不是拢统改造。解放是这个那个制度的解放，这种那种思想的解放，这个那个人的解放，是一点一滴的解放。改造是这个那个制度的改造，这种那种思想的改造，这个那个人的改造，是一点一滴的改造。

再造文明的下手工夫，是这个那个问题的研究。再造文明的进行，是这个那个问题的解决。

谁教青年学生造假文凭的?

近日报纸登载北平破获了一个制造假毕业文凭的机关,其中有专制文凭的,有专刻印章的,有专模笔迹的,还有专造官厅钢印的。据北平某私立中学校长的报告,此次发现的机关在本年内卖出假文凭一千几百张,每张平均卖十八圆:这是因为营此业的人加多了,竞争厉害了,所以价格贬落了。前年价高时,每张可卖八十圆!

当我四年前在上海做私立大学校长的时候,每年招考之后,教务处总要发公函给各地的中学,查询文凭的真伪。有些中学校——什么吉林某中学,什么贵州某中学,——根本就不存在,去信往往退回;有些远地中学,函件往返需要一两个月。等到文凭检查明白,考取的学生早已上课大半个学期了。发现假文凭的,照章得开除。有一年,教务处报告我,用假文凭的共有七十人,都是上了两个多月课的!我很不忍开除这许多人,问他们可否查查他们开学后的成绩,功课优良的可否从宽发落。教务处的人说,不行,这个例是开不得的。所以我们只好硬起心肠来干那"挥泪斩马谡"的苦戏。

在那个时候,我们校里还发生了一件怪事。有一天,庶务课正在整理储存室里一些学生寄存多年不取的杂件,忽然在一只破网篮里发现了一个□□大学的木质印章,还有校长□先生的石质私章。我们检查旧卷，那只网篮的旧主人果然是用那个大学的证书转学来的，可是他早已在我到校之前平安毕业走了！我们只好把那些木石假印送还给□□大学的□校长去。

我在那时代（民国十七八年）还听说四川某地有位校长每次到下江来，总带一些空白的文凭来送给亲友人家，做他的礼物！这个故事我本不相信，但我自己后来真遇着同样的一件实事。民国十八年我到北平，一个本家来同我商量，要叫我的侄儿去考清华大学。我很诧异的说："他今年刚从初中毕业，怎能考清华？"他说："可以。他有文凭。"我更诧异了，说："我们家的子弟怎么好用假文凭！"他说："是文凭，而且是教育局盖印的。"我说："哪里来的？"他说："一个朋友做中学校长，今年办毕业，多报了十来个名字，领了文凭来分送给朋友，我也托他替某人办了一张高中毕业文凭。"那张文凭我虽然不许我的侄儿用，可是这种文凭确是"真"的，无论怎样送到原学校或教育局去查问，都不能证明他是"假"。

上面说的几件事，都可以使我们明白假文凭是近年教育界的一个很严重的问题。

我们要研究防止假文凭的方法，似乎应该先追溯假文凭所以发生的历史。我可以武断的说：假文凭所以发生是由于民国七八年间教育部废止了"有中学毕业同等学力者"可以投考大学的一条章程。往日专门以上学校的预科招考，除中学毕业者外，凡"有中学毕业同等学力者"也可以投考。傅增湘先生做教育总长的时代，召集了一个专门以上学校校长会议，议场上有人提议删去"同等学力"的一条，他们的理由是：有了这一条，中学的天才生到了第三年（那时中学四年毕业）都去投考升学了。天资中等的也往往要去尝试徼幸，所以中学的训练往往不充分，并且办中学的人很感觉种种困难，往往三四年级的人数太少，又大都是庸材。讨论的结果，"同等学力"一条竟被删去了。十五年来，这一条始终没有恢复。凡专科以上学校的入学考试皆限于高中毕业生，有许多青年，或因天资较高而不肯忍耐六年的中学，或因经济不充裕而想缩短学校的负担，或因高中办理不善而功课等于初中课程的复习，以致不能引起学生的兴趣，或因历年大学入学试验程度降低而引起学生徼幸之心，——因此种种原因，有许多青年往往冒险做出种种造假文凭的犯法行为。

近年教育部规定，中学招考可以有"同等学力"的一种办法，但此项学生不得超过全部百分之二十。这一条是绝大的德政，因为有许多人家的儿女是家庭教师教出来的，有一条活路，就无须造假高小文凭了。

我们主张：专科以上的学校入学考试也应该容许"有中学毕业同等学力者"去投考。我们深信，这一条规定可以断绝今日买卖假文凭的恶习。如果有人恐怕这一条方便之门有流弊，我们尽可以加上几种限制，例如：（1）此项学生必须在中学四年以上（考理科者必须在中学五年），其在校各年成绩须平均在八十分以上而基本学科平均在八十五以上；（2）其年龄不得在若干岁以下；（3）此项学生考取后须受特别的体格检查。

我们所以主张"同等学力"一条的恢复，有下列几项理由：

第一，民国十一年改革学制时，就有人主张：改用国语文以后，小学可以缩短两年，但后来只缩短了一年，改七年小学为六年小学。照现在的中小学课程，若能删除重叠与枝叶，注重工具学科，十二年的中小学还可以缩短一年。其中天才生大可以缩短一年至两年。依现行的硬性制度，天才生与低能儿同等看待，是很不适宜的。

第二，民国十一年新学制废止大学与专校的预科，改中学为六年，原意是很好的，但当日改制的人只希望高中设在教育中心的城市，设备与人才都要比得上往日最好的大学预科。他们万不料十一年以后政治紊乱，中央与各省的教育行政机关都管不住中学，就使高中遍于各地，设备与人才都远不能比往年的大学预科。往年北京大学的预科教员至少每小时报酬四元，比今日的多数私立大学的待遇高的多，而图书与仪器部与大学本科不分。故往年的预科可以上比大学，而今日之高中和初中多无分别。今日救济之法，只有一面痛裁高中，一面提倡良好的大学添设高中，而一面开方便之门使高材青年早日跳入大学，免除那种害多而利少的野鸡高中教育。究竟大学不多，容易整理；与其纵容高中毒害青年，不如改大学为五年，而宽大入大学之路。

第三，考试若严，应考资格稍宽是无害的。如果文凭可凭，又何必再考试？既有文凭，仍不能升学，而必须考试，这可见文凭不足为凭。我们既不信文凭而信考试，那么，没有文凭而自信有同等学力者也应该给他一个考试的机会。我回想二三十年前，我在上海读了五六年书，从梅溪小学考入澄衷学堂，从澄衷学堂考进中国公学，从来不曾拿过一张毕业文凭。后来考留美官费，也不要毕业文凭。后来到美国进大学，也只凭北京考试的成绩。我觉得那时代不用文凭只凭考试的办法倒是彻底的。今日个个学校有文凭，而文凭又不算资格的凭据，还得考试。既须考试，又必须先验那不是为凭的文凭，真是进退失据最不合逻辑的了！

总之，今日许多青年做出假文凭的犯罪行为，政府的硬性制度应该负一大部分的责任，现在的制度若不改革，若不许"同等学力"的人受考试，那就是政府引诱青年犯罪，假文凭是不会减少的。

下卷

胡适谈文明

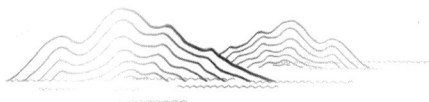

◇

中国并不是完全没有进步，不过惰性太大，向前三步又退回两步，所以到如今还是这个样子。

这种不道德的道德，在社会上，造出一种诈伪不自然的伪君子。面子上都是仁义道德，骨子里都是男盗女娼。

明明是男盗女娼的社会，我们偏说是圣贤礼仪之邦；明明是赃官污吏的政治，我们偏要歌功颂德；明明是不可救药的大病，我们偏说一点病都没有！却不知道：若要病好，须先认有病；若要政治好，须先认现今的政治实在不好。

◇

文化的冲突

冲突

在我看来，中国的问题是她在多种文化的冲突中如何调整的问题。中国现在的一切麻烦都可归咎于在将近六十年间尖锐的文化冲突中未能实现这种调整。这个问题从未得到人们的充分认识和自觉对待，而只是被惰性、自大和表面的改良措施所避开和掩盖。结果，中国今天对自己问题的解决仍像半世纪前一样遥远。

可能的解决方法

现在是我们清楚地认识文化冲突这个问题的现实而予以解决的时候了。这个问题就是，中国当怎样自我调整，才能使她处在已经成为世界文明的现代西方文明之中感到安适自在。这个问题可以有三种解决的办法。中国可以拒绝承认这个新文明并且抵制它的侵入；可以一心一意接受这个新文明；也可以摘取某些可取的成分而摒弃她认为非本质的或要不得的东西。第一种态度是抗拒；第二种态度是全盘接受；第三种态度是有选择性的采纳。既然今天没有人坚持抗拒政策，我的讨论将只限于后两种态度。

选择性的现代化

乍看起来，选择性的现代化似乎是最合乎理性的上策。因此，这不仅是国内的提倡者，也是自命为中国之友和中国文明的热爱者的一些外国作家所鼓吹的一种最有力的态度。我甚至可以说，这是迄今任何思考过中国文化冲突问题的人所持的唯一认真和明确的态度。他们告诉我们，中国发展了灿烂的文明，这个文明绝不能在盲目接受西方文明当中丢掉。这些好心的忠告者们说，务必十分谨慎地从西方文明中选择那些不致损坏中国艺术、宗教和家庭生活中的传统价值的东西。总之，对现代文明的某些方面可以作为必要的恶来接受，但必须不惜任何代价保持中国文明的传统价值。

不受欢迎的变化

现在看来，这种态度究竟如何呢？实际上，这是说中国必须改变但又决不能改变。拆掉一座城墙，总会有人同声反对，理由是这座城市将失去中世纪的古雅。北京最初铺设电车道时，许多美国游客看到电车穿越这座城市的中心而深感遗憾。几乎现代化的每一步都会遇到这样的指指点点。工业化已破坏了人们的家庭生活并使他们放弃了祖先崇拜。现代学校教育使中国的书法成为一种失传的艺术。课本用白话文，使学生不能用古文作文了。小学生不再背诵孔子的经书。电影正在赶走中国戏。禁止缠足是好事，可是丝袜子太贵了，现代舞蹈吓人。妇女解放也许是必要的，但是剪短发、抹口红搞得过火。如此等等。

幸福与现代化

有一次，一位来中国游历的哲学家坐滑杆翻越一座崎岖小山。他在舒适靠椅上听到抬滑杆的唱一支他觉得好听的歌曲，不觉听得入迷，并从中得到启示，悠然陷入哲学遐想：像中国人这样的人力驮兽在担负沉重苦役时仍保持唱歌之乐，这远比现代工厂的工人为自己的苦命鸣不平要强得多。他担心中国实现工业化之日，工厂不仅会毁掉一切精美的手工业和家庭工业，而且也会扼杀中国苦力一边工作一边唱歌的欢快精神。

对选择性的现代化的认可

这样一来，国内外的忠告者们都认为中国必须走选择性的现代化的道路，即尽量保持她的传统价值，而从西方文明中只采取那些适合现实迫切需要所必须的东西。

传统价值安然无恙

我曾经也是这种选择性过程的倡导者之一。不过现在我表示后悔，因为我认为谨慎选择的态度是不可能的，而且也实在不必要。一种文明具有极大的广被性，必然会影响大多数一贯保守的人。由于广大群众受惰性规律的自然作用，大多数人总要对他们珍爱的传统要素百般保护。因此，一个国家的思想家和领导人没有理由也毫无必要担心传统价值的丧失。如果他们前进一千步，群众大概会被从传统水平的原地向前带动不到十步。如果领导人在前进道路上迟疑不决，摇摆不定，群众必定止步不前，结果是毫无进步。

接受现代化

中国之所以未能在这个现代化世界中实现自我调整，主要是因为她的领袖们未能对现代文明采取唯一可行的态度，即一心一意接受的态度。近几十年来，中国之所以不再谈论抵制西方文明，只是因为中国的保守主义已在选择性的现代化的理论伪装下找到庇护所。她在采用西方文明某些方面如电报、电话、铁路和轮船、军事改组、政治变革以及新的经济制度……所取得的微小的进步，大多是外国特权享有者或担心民族灭亡和崩溃的中国人所强加的。这些方面的进步没有一项是出于自觉自愿或明智的了解而引进到中国来的。甚至维新运动最杰出的领袖人物也没有充分了解他们所主张的东西。

仅在几年以前，1898年维新运动最重要的领袖人物之一的梁启超先生曾歉然地自认道："我们当时还不知道西学为何物，亦不知如何去学。我们只会日日大声疾呼，说旧东西已经不够用了，外国人许多好处是要学的。"领袖人物本身浅薄如此，当然不能引起广大群众的真正的热忱或坚强的信念。

保存国粹

果如所料，要求改革的第一个浪潮被政府中反动分子镇压下去后，知识界立即发起了一个新运动，即"保存国粹运动"。这个运动中的许多支持者又同时是后来推翻满清的革命党的成员。这个事实可注意之点是，它表明反满的革命虽然是受西方共和理想的鼓舞而发动的民族自觉运动，但它还没有摆脱文化保守主义的情绪。这个保守主义最近几年有突出表现。有人在反对教会学校和教会医院时经常使用"打倒文化侵略"的口号。

工具与进步

直到最近几年才听到有人坦率发表现代西方文明优于中国的和一般东方的旧文明的议论。一位年逾花甲的思想家吴稚晖老先生于1923—1924年发表了他的宏论《一个新信仰的宇宙观及人生观》。他在文中大胆宣称中国旧道德的总体都是低级的和粗浅的，欧洲种人在私人道德上和社会公德上以及日常生活方式上都超越其他种族之上。"他们是所有这些种族中最有才能和精力充沛的人民，他们的道德总体是高超的。"他劝告中国的知识分子把所谓的国故扔到茅厕里至少三十年。在此期间，用一切努力加快步伐建立像尘沙一般干燥的物质文明。他对被已故梁启超先生等保守思想家斥为濒于破产的现代科学文明大加颂扬而不惜余力……

国际性的经验

这些话出自一位花甲老人之口这件事就值得注意。吴先生曾受教于江阴南菁书院，这所学院是当地最后的重镇之一。他曾在日本住过，也曾在英法两国呆过几年。他对西方新文明之了解不下于他对东方旧文明的了解的程度。

科学与人生

吴先生的文章发表在关于科学与人生的关系问题的激烈论战之际。这场论战把中国的知识分子划分为截然不同的两个阵营。所谓"玄学鬼"阵营的领袖是张嘉森，他提倡"内省精神生活"论，相信这种内心精神生活是超越科学范围之外的。因此张先生和他的好友，其中包括已故梁启超先生，主张恢复宋明新儒学的理学。另一个是由丁文江先生领导的现代科学家阵营。丁先生驳斥陈旧的哲学而力持科学与科学方法的万能论。这场论战持续整整一年。当参加这场论战的文章最后搜集起来在1924年出版时，全书超过二十五万字。不消说，吴先生和我在这场论战中都是站在丁先生方面的。

科学与民主的精神成分

我在1926年发表了《我们对于西洋近代文明的态度》一文。此文同时刊登于日本的《改造》月刊和中国的《现代评论》周刊上。文章内容又用英文改写，作为查理·A.俾尔德教授编的《人类的前程》一书的一章。在这篇文章中我的立场是中国必须充分接受现代文明，特别是科学、技术与民主。我试图表明容忍像缠足那样的野蛮风俗达千年之久而没有抗议的文明，很少有什么精神性。我也指出科学与民主的宗教二者均蕴育着高度的精神潜力，并且力求满足人类的理想要求。甚至单纯的技术进步也是精神的，它可以解除人类的痛苦，大大增强人类的力量，解放人类的精神和能力，去享受文明所创造的价值和成果。我公开地谴责了东方的旧文明，认为它是"唯物的"，以其无能为力地受物质环境所支配，不能运用人类的智能去征服自然界和改善人类生活。与此相反，我认为尽可能充分利用人类的聪明才智来寻求真理，来制服天行以供人用，来改变物质环境，以及改革社会制度和政治制度以谋人类最大幸福，这样的文明，才是真正的"精神"文明。

中国文明之不人道

吴稚晖先生和我本人的这种看法仿佛过于盛气凌人和过于武断。不过这些观点都是经过多年实际观察和历史研究得出的由衷之言。当一个像吴稚晖那样的老先生宣布他认为中国人道德很低下的时候，他是在讲大实话，这使他感到痛苦远远超过他的读者所能想象的。但是那是真情不得不讲。在我以缠足几千年或千百万人当牛做马为例谴责我国的文明时，我并不是仅仅从一些孤立事例作出概括；缠足代表全体女性十个世纪以来所受人的痛苦的最残忍的形式。当我们了解到宗教、哲学和伦常道德共同合谋使中国人视而不见，丧失良知，对这种不人道缺乏应有的认识时，了解到诗人做诗和小说家写出长篇描写女人的小脚时，我们必须作出结论，在一种文明中道德观念和美学意识被歪曲到如此荒谬的地步，其中必有某种东西是根本错误的。普及教育，普选制，妇女解放和保护劳工立法之所以未发源于实行缠足的国家，难道我们能说这纯粹是偶然的吗？

中国的旧文明

总而言之，我们对中国文明究竟有什么真正可以夸耀的呢？它的过去的光荣属于过去；我们不能指望它来解决我们的贫穷、疾病、愚昧和贪污的问题。因为这四大祸害是中国旧文明残存至今的东西。此外还有什么？我们国家在过去几百年间曾经产生过一位画家、一位雕刻家、一位伟大诗人、一位小说家、一位音乐家、一位戏剧家、一位思想家或一位政治家吗？贫困使人们丧失了生活的元气，鸦片烟与疾病扼杀了他们的创造才能，造成他们的懒散与邋遢。难道我们还要再推迟那种能提供战胜我们死敌以唯一工具并为一种新的活文明提供唯一可能基础的科学和技术文明的到来吗？

中国的新文明

日本的例子使我们对中国文明的未来抱一些希望。日本毫无保留地接受了西方文明，结果使日本的再生取得成功。由于极愿学习和锐意模仿，日本已成为世界上最强国家之一，而且使她具备一个现代政府和一种现代化文化。日本的现代文明常常被批评为纯粹是西方进口货。但这种批评只不过是搔到事物的表面，如果我们以更多的同情态度来分析这个新文明，我们会发现它包含着许许多多必须称之为土生土长的东西。随着由技术和工业文明造成普遍的兴盛的程度日益提高，这个国家土生土长的艺术天才已在数十年间发展了一种和全国的物质进步相适应的新艺术与新文学。她的风光和风景美还是日本式的，只是比以前管理得更好，现代交通工具也更为方便。今天日本人民的爱美和爱整洁仍同过去一样，不过他们今天有更好和更美的东西可以享受了。

我们所需的文化复兴

因此，让我们希望中国也可能像日本那样实现文化复兴。让我们现在着手去做日本在五六十年前着手做的事情吧。我们决不受那些保守派思想家们的护短的观点的影响，也不因害怕丢掉自己的民族特性而有所动摇。让我们建立起我们的技术与工业的文明作为我们民族新生活的最低限度的基础吧。让我们表达如下的希望吧！如果我们有什么真正具有中国特色的东西的话，那么这些东西将会在科学与工业进步所产生的健康、富裕和闲暇的新的乐土上开花结果。

眼前世界文化的趋向（节选）

今天我要讲的题目，发表出来的是"眼前文化的趋向"，后来我想了想恐怕要把题目修改几个字，这题目叫做"眼前世界文化的趋向"。"眼前世界文化的趋向"，有他的自然的趋向，也有他理想的方向，依着自然趋向，世界文化，在我们看起来，渐渐朝混合统一的方向，但是这统一混合自然的趋向当中，也可以看出共同理想的目标，现在我先谈谈自然的统一趋向：

自从轮船与火车出来之后，世界上的距离一天天缩短，地球一天天缩小，人类一天天接近，七十年前，有一部小说叫做"八十天环游全世界"，这还是一种理想。诸位还记得，今年六月里，十九位美国报界领袖，坐了一只新造飞机，6月17日从纽约起飞，绕了全球一周，6月30日飞回纽约，在路共计十三天，飞了两万一千四百二十四英里，而在飞行的时间不过一百点钟，等于四天零几点钟，更重要的，是传播消息，传播新闻，传播语言文字传统思想工具。电报的发明是第一步，海底电线的成功是第二步，电话的发明是第三步，无线电报与无线电话的成功是第四步。

有了无线电报无线电话高山也挡不住消息，大海也隔不断新闻，战争炮火也截不断消息的流通。我们从前看过《封神榜》小说，诸位总是记得"千里眼，顺风耳"的故事。现在北平可以和南京通电话，上海可以同纽约通电话。人同人可以隔着太平洋谈话谈天，可以和六大洲通电报，人类的交通已远超过小说里面的"千里眼，顺风耳"的神话世界了！人类进步到了这个地步，文化的接触，文化的交换，文化的打通混合，就更有机会了。就更有可能了。

所以我们说，一百四十年的轮船，一百二十年的火车，一百年的电报，五十年的汽车，四十年的飞机，三十年的无线电报，——这些重要的交通工具，在区区一百年之内，把地面更缩小了，把种种自然的阻隔物都打破了，使各地的货物可以流通，使东西南北的人可以往来交通，使各色各样的风俗习惯，信仰思想，都可以彼此接触，彼此了解，彼此交换。这一百多年，民族交通，文化交流的结果，已经渐渐的造成了一种混同的世界文化。

以我们中国来说，无论在都市，在乡村，都免不了这个世界文化的影响。电灯，电话，自来水，公路上的汽车，铁路上的火车，电报，无线电广播，电影，空中飞来飞去的飞机，这都是世界文化的一部分。不用说了，纸烟卷里的烟草，机器织的布，机器织的毛巾，记算时间的钟表，也都是世界文化的一部分。甚至于我们人人家里自己园地和[的]大豆，老玉米，也都是世界文化的一部分，大豆是中国的土产，现在已成为世界上最有用的一种植物了。老玉米是美洲的土产，在四五百年当中，传遍了全世界，久已成为全世界公用品，很少人知道他是从北美来的。

反过来看，在世界别的角落里，在欧洲美洲的都市与乡村里，我们也可以随地看见许多中国的东西变成了世界文化的一部分，中国的瓷器，中国的铜器，中国画，中国雕刻，中国刻（缂）丝，中国刺绣，是随地可以看见的，人人喝的茶叶是中国去的，橘子，菊花是中国去的，桐油是全世界工业必不可少的，中国春天最早开的迎春花，现在已成为了西方都市与乡村最常见的花了，西方女人最喜欢的白茶花，栀子花，都是中国去的，西方家园里，公园里，我们常看见的藤萝花，芍药花，丁香花，玉兰花，也都是中国去的。

文化的交流，文化的交通，都是自由挑选的，这里面有一个大原则，就是"以其所有，易其所无，交易而退，各得其所"。释成白话是"我要什么，我挑什么来，他要什么，他挑什么去。"老玉米现在传遍世界，难道是洋枪大炮逼我们种的么。桐油，茶叶，传遍了世界，也不是洋枪大炮来抢去的，小的小到一朵花一个豆，大的大到经济政治学术思想都逃不了这个文化自由选择，自由流通的大趋向，三四百年的世界交通，使各色各样的文化有个互相接近的机会，互相接近了，才可以互相认识，互相了解，才可以自由挑选，自由采用。

今日的世界文化就是这样自然的形成，这是我说的第一句话。

我要说的第二句话是"眼前的世界文化"，在刚才说过的自由挑选的自然趋向之下，还可以看出几个共同的大趋向，有几个共同的理想目标，这几个理想的目标是世界上许多圣人提倡的，鼓吹的，几个改造世界的大方向，经过了几百年的努力，几百年的宣传，现在差不多成了文明国家共同努力的目标了，到现在是有哪些世界文化共同的理想目标呢，总括起来共有三个：

第一，用科学的成绩解除人类的痛苦，增进人生的幸福。

第二，用社会化的经济制度来提高人类的生活，提高人类生活的程度。

第三，用民主的政治制度来解放人类的思想，发展人类的才能，造成自由的独立的人格。

先说第一个理想用科学的成果来增进人生的幸福减除人生的痛苦。

这个世界文化的最重要成分是三四百年的科学成绩。有些悲观的人，看了两次世界大战，尤其是看了最近几年的第二次世界大战，他们常常说，科学是杀人的利器，是毁灭世界文化的大魔王，他们投了两个原子弹毁灭了日本两个大城市，杀了几十万人，他们就想像将来的世界大战一定要把整个世界文明都毁灭完了，所以他们害怕科学，咒骂科学，这种议论是错误的，在一个大战争的时期，为了国家的生存，为了保存人类文明，为了缩短战争，科学不能不尽他的最大努力，发明有力量的武器，如第二次大战争里双方发明的种种可怕武器，但这种战时工作，不是科学的经常工作，更不是科学的本意，科学的正常使命是充分运用人的聪明才智来求真理，求自然界的定律，要使人类能够利用这种真理这种定律来管理自然界种种事物力量，譬如叫电气给我们赶车，叫电波给我们送信，这才是科学的本分，这才是利用科学的成果来增进人生的幸福。

这几百年来的科学成绩，却是朝着这个方向做去的，无数聪明才智的人，抱着求真理的大决心，终身埋头在科学实验室里，一点一滴的研究，一步一步的进步，几百年继续不断的努力，发明了无数新事实，新理论，新定律，造成了人类历史上空前的一个科学新世界，在这个新世界里，人类的病痛减少了，人类的传染病在文明国家里差不多没有了，平均寿命延长了几十年，科学的成果应用到工业技术上造出了种种替代人工的机器，使人们可以减轻工作的劳力，增加工作的效能，使人们可以享受无数机械的奴隶服侍，总而言之：科学文明的结果使人类痛苦减除，寿命延长，增加生产，提高生活。

因为科学可以减除人类的痛苦，提高人生的幸福，所以现代世界文化的第一个理想目标是充分发展科学，充分利用科学，充分利用科学的成果来改善人们的生活，近世科学虽然是欧洲产生的，但在最近三十年中，科学的领导地位，已经渐渐地从欧洲转到美国了，科学是没有国界的，科学是世界公有的，只要有人努力，总可以有成绩，所以新起来的国家如日本，如苏联，如印度，如中国，有一分的努力就可以有一分的科学成绩，我希望我们在世界文化上有这种成分。其次谈到第二个理想标准，用社会的经济制度来提高生活程度。

我特别用"社会化的经济制度"一个名词，因为我要避掉"社会主义"一类的名词。"社会化的经济制度"就是要顾到社会大多数人民的利益的经济制度，最近几十年的世界历史有一个很明显的方向，就是无论在社会主义的国家，或在资本主义的国家，财产权已经不是私人的一种神圣不可侵犯的人权了，社会大多数人的利益是一切经济制度的基本条件，美国英国号称资本主义的国家，但他们都有级进的所得税和遗产税，前四年的英国所得税，每年收入在一万镑的人，要抽百分之八十，而每年收入在二百五十镑以下的人，只抽百分之三的所得税。同年美国所得税率，单身人（没有结婚的）每年收入一千元的，只抽一百零七元；每年收入一百万元的，要抽八十九万九千五百元等于百分之九十的所得税。这样的经济制度，一方面并不废除私有财产和自由企业，一方面节制资本，征收级进的所得税，供给全国的用度，同时还可以缩短贫富的距离。这样的经济制度可以称为"社会化的"。此外，如保障劳工组织，规定最低工资，限制工作时间，用国家收入来救济失业者，这都是"社会化"的立法。英国民族在各地建立的自治新国家，如澳洲，如纽西兰，近年来都是工党当国，都倾向于社会主义的经济立法。英国本身最近在工党执政之下，也是更明显的推行经济制的社会化。美国在罗斯福总统的十三年的"新法"政治之下，也推行了许多"社会化"的经济政策。至于北欧西欧的许多民主国家，如瑞典，丹麦，挪威，都是很早就在实行各种社会化的立法的国家。

这种很明显的经济制度的社会化，是世界文化的第二个共同的理想目标。我们中国本来有"不患贫而患不均"的传统思想，我们更应该朝这个方面多多的努力，才可以在经济世界文化上占一个地位。

我们对于西洋近代文明的态度

今日最没有根据而又最有毒害的妖言是讥贬西洋文明为唯物的（Materialistic），而尊崇东方文明为精神的（Spiritual）。这本是很老的见解，在今日却有新兴的气象。从前东方民族受了西洋民族的压迫，往往用这种见解来解嘲，来安慰自己。近几年来，欧洲大战的影响使一部分的西洋人对于近世科学的文化起一种厌倦的反感，所以我们时时听见西洋学者有崇拜东方的精神文明的议论。这种议论，本来只是一时的病态的心理，却正投合东方民族的夸大狂；东方的旧势力就因此增加了不少的气焰。

我们不愿"开倒车"的少年人，对于这个问题不能没有一种彻底的见解，不能没有一种鲜明的表示。

现在高谈"精神文明""物质文明"的人，往往没有共同的标准做讨论的基础，故只能作文字上或表面上的争论，而不能有根本的了解。我想提出几个基本观念来做讨论的标准。

第一，文明（Civilization）是一个民族应付他的环境的总成绩。

第二，文化（Culture）是一种文明所形成的生活的方式。

第三，凡一种文明的造成，必有两个因子：一是物质的（Material），包括种种自然界的势力与质料；一是精神的（Spiritual），包括一个民族的聪明才智感情和理想。凡文明都是人的心思智力运用自然界的质与力的作品；没有一种文明是精神的，也没有一种文明单是物质的。

我想这三个观念是不须详细说明的，是研究这个问题的人都可以承认的。一只瓦盆和一只铁铸的大蒸汽炉，一只舢板船和一只大汽船，一部单轮小车和一辆电力街车，都是人的智慧利用自然界的质力制造出来的文明，同有物质的基础，同有人类的心思才智。这里面只有个精粗巧拙的程度上的差异，却没有根本上的不同。蒸汽铁炉固然不必笑瓦盆的幼稚，单轮小车上的人也更不配自夸他的精神的文明，而轻视电车上人的物质的文明。

因为一切文明都少不了物质的表现，所以"物质的文明"（Material Civilization）一个名词不应该有什么讥贬的涵义。我们说一部摩托车是一种物质的文明，不过单指他的物质的形体；其实一部摩托车所代表的人类的心思智慧决不亚于一首诗所代表的心思智慧。所以"物质的文明"不是和"精神的文明"反对的一个贬词，我们可以不讨论。

我们现在要讨论的是（1）什么叫做"唯物的文明"（Materialistic Civilization），（2）西洋现代文明是不是唯物的文明。

崇拜所谓东方精神文明的人说，西洋近代文明偏重物质上和肉体上的享受，而略视心灵上与精神上的要求，所以是唯物的文明。

我们先要指出这种议论含有灵肉冲突的成见，我们认为错误的成见。我们深信，精神的文明必须建筑在物质的基础之上。提高人类物质上的享受，增加人类物质上的便利与安逸，这都是朝着解放人类的能力的方向走，使人们不至于把精力心思全抛在仅仅生存之上，使他们可以有余力去满足他们的精神上的要求。东方的哲人曾说：

>衣食足而后知荣辱，仓廪实而后知礼节。

这不是什么舶来的"经济史观"，这是平恕的常识。人世的大悲剧是无数的人们终身做血汗的生活，而不能得着最低限度的人生幸福，不能避免冻与饿。人世的更大悲剧是人类的先知先觉者眼看无数人们的冻饿，不能设法增进他们的幸福，却把"乐天""安命""知足""安贫"种种催眠药给他们吃，叫他们自己欺骗自己，安慰自己。西方古代有一则寓言说，狐狸想吃葡萄，葡萄太高了，他吃不着，只好说"我本不爱吃这酸葡萄！"狐狸吃不着甜葡萄，只好说葡萄是酸的；人们享不着物质上的快乐，只好说物质上的享受是不足羡慕的，而贫贱是可以骄人的。这样自欺自慰成了懒惰的风气，又不足为奇了。于是有狂病的人又进一步，索性回过头去，戕贼身体，断臂，绝食，焚身，以求那幻想的精神的安慰。从自欺自慰以至于自残自杀，人生观变成了人死观，都是从一条路上来的：这条路就是轻蔑人类的基本的欲望。朝这条路上走，逆天而拂性，必至于养成懒惰的社会，多数人不肯努力以求人生基本欲望的满足，也就不肯进一步以求心灵上与精神上的发展了。

西洋近代文明的特色便是充分承认这个物质的享受的重要。西洋近代文明，依我的鄙见看来，是建筑在三个基本观念之上：

第一，人生的目的是求幸福。

第二，所以贫穷是一桩罪恶。

第三，所以衰病是一桩罪恶。

借用一句东方古话，这就是一种"利用厚生"的文明。因为贫穷是一桩罪恶，所以要开发富源，奖励生产，改良制造，扩张商业。因为衰病是一桩罪恶，所以要研究医药，提倡卫生，讲求体育，防止传染的疾病，改善人种的遗传。因为人生的目的是求幸福，所以要经营安适的起居，便利的交通，洁净的城市，优美的艺术，安全的社会，清明的政治。纵观西洋近代的一切工艺，科学，法制，固然其中也不少杀人的利器与侵略掠夺的制度，我们终不能不承认那利用厚生的基本精神。

这个利用厚生的文明，当真忽略了人类心灵上与精神上的要求吗？当真是一种唯物的文明吗？

我们可以大胆地宣言：西洋近代文明绝不轻视人类的精神上的要求。我们还可以大胆地进一步说：西洋近代文明能够满足人类心灵上的要求的程度，远非东洋旧文明所能梦见。在这一方面看来，西洋近代文明绝非唯物的，乃是理想主义的（Idealistic），乃是精神的（Spiritual）。

我们先从理智的方面说起。

西洋近代文明的精神方面的第一特色是科学。科学的根本精神在于求真理。人生世间，受环境的逼迫，受习惯的支配，受迷信与成见的拘束。只有真理可以使你自由，使你强有力，使你聪明圣智；只有真理可以使你打破你的环境里的一切束缚，使你戡天，使你缩地，使你天不怕，地不怕，堂堂地做一个人。

求知是人类天生的一种精神上的最大要求。东方的旧文明对于这个要求，不但不想满足他，并且常想裁制他，断绝他。所以东方古圣人劝人要"无知"，要"绝圣弃智"，要"断思惟（维）"，要"不识不知，顺帝之则"。这是畏难，这是懒惰。这种文明，还能自夸可以满足心灵上的要求吗？

东方的懒惰圣人说："吾生也有涯，而知也无涯，以有涯逐无涯，殆已"。所以他们要人静坐澄心，不思不虑，而物来顺应。这是自欺欺人的诳语，这是人类的夸大狂。真理是深藏在事物之中的；你不去寻求探讨，他决不会露面。科学的文明教人训练我们的官能智慧，一点一滴地去寻求真理，一丝一毫不放过，一铢一两地积起来。这是求真理的唯一法门。自然（Nature）是一个最狡猾的妖魔，只有敲打逼拶可以逼她吐露真情。不思不虑的懒人只好永永作愚昧的人，永永走不进真理之门。

东方的懒人又说："真理是无穷尽的，人的求知的欲望如何能满足呢？"诚然，真理是发现不完的。但科学决不因此而退缩。科学家明知真理无穷，知识无穷，但他们仍然有他们的满足：进一寸有一寸的愉快，进一尺有一尺的满足。二千多年前，一个希腊哲人思索一个难题，想不出道理来；有一天，他跳进浴盆去洗澡，水涨起来，他忽然明白了，他高兴极了，赤裸裸地跑出门去，在街上乱嚷道，"我寻着了！我寻着了！"（Eureka! Eureka!）这是科学家的满足。Newton（牛顿），Pasteur（巴斯德）以至于Edison（爱迪生）时时有这样的愉快。一点一滴都是进步，一步一步都可以踌躇满志。这种心灵上的快乐是东方的懒圣人所梦想不到的。

这里正是东西文化的一个根本不同之点。一边是自暴自弃的不思不虑，一边是继续不断的寻求真理。

朋友们，究竟是哪一种文化能满足你们的心灵上的要求呢？

其次，我们且看看人类的情感与想像力上的要求。

文艺，美术，我们可以不谈，因为东方的人，凡是能睁开眼睛看世界的，至少还都能承认西洋人并不曾轻蔑了这两个重要的方面。

我们来谈谈道德与宗教罢。

近世文明在表面上还不曾和旧宗教脱离关系，所以近世文化还不曾明白建立他的新宗教新道德。但我们研究历史的人不能不指出近世文明自有他的新宗教与新道德。科学的发达提高了人类的知识，使人们求知的方法更精密了，评判的能力也更进步了，所以旧宗教的迷信部分渐渐被淘汰到最低限度，渐渐地连那最低限度的信仰——上帝的存在与灵魂的不灭——也发生疑问了。所以这个新宗教的第一特色是他的理智化。近世文明仗着科学的武器，开辟了许多新世界，发现了无数新真理，征服了自然界的无数势力，叫电气赶车，叫"以太"送信，真个作出种种动地掀天的大事业来。人类的能力的发展使他渐渐增加对于自己的信仰心，渐渐把向来信天安命的心理变成信任人类自己的心理。所以这个新宗教的第二特色是他的人化。智识的发达不但抬高了人的能力，并且扩大了他的眼界，使他胸襟阔大，想像力高远，同情心浓挚。同时，物质享受的增加使人有余力可以顾到别人的需要与痛苦。扩大了的同情心加上扩大了的能力，遂产生了一个空前的社会化的新道德，所以这个新宗教的第三特色就是他的社会化的道德。

古代的人因为想求得感情上的安慰，不惜牺牲理智上的要求，专靠信心（Faith），不问证据，于是信鬼，信神，信上帝，信天堂，信净土，信地狱。近世科学便不能这样专靠信心了。科学并不菲薄感情上的安慰；科学只要求一切信仰须要禁得起理智的评判，须要有充分的证据。凡没有充分证据的，只可存疑，不足信仰。赫胥黎（Huxley）说的最好：

> 如果我对于解剖学上或生理学上的一个小小困难，必须要严格的不信任一切没有充分证据的东西，方才可望有成绩，那么，我对于人生的奇秘的解决，难道就可以不用这样严格的条件吗？

这正是十分尊重我们的精神上的要求。我们买一亩田，卖三间屋，尚且要一张契据：关于人生的最高希望的根据，岂可没有证据就胡乱信仰吗？

这种"拿证据来"的态度，可以称为近世宗教的"理智化"。

从前人类受自然的支配，不能探讨自然界的秘密，没有能力抵抗自然的残酷，所以对于自然常怀着畏惧之心。拜物，拜畜生，怕鬼，敬神，"小心翼翼，昭事上帝"，都是因为人类不信任自己的能力，不能不倚靠一种超自然的势力。现代的人便不同了。人的智力居然征服了自然界的无数质力，上可以飞行无碍，下可以潜行海底，远可以窥算星辰，近可以观察极微。这个两只手一个大脑的动物——人——已成了世界的主人翁，他不能不尊重自己了。一个少年的革命诗人曾这样的歌唱：

> 我独自奋斗，胜败我独自承当，
> 我用不着谁来放我自由，
> 我用不着什么耶稣基督
> 妄想他能替我赎罪替我死。
> I fight alone and, win or sink,
> I need no one to make me free,
> I want no Jesus Christ to think
> That he could ever die for me.

这是现代人化的宗教。信任天不如信任人，靠上帝不如靠自己。我们现在不妄想什么天堂天国了，我们要在这个世界上建造"人的乐国"。我们不妄想做不死的神仙了，我们要在这个世界上做个活泼健全的人。我们不妄想什么四禅定六神通了，我们要在这个世界上做个有聪明智慧可以戡天缩地的人。我们也许不轻易信仰上帝的万能了，我们却信仰科学的方法是万能的，人的将来是不可限量的。我们也许不信灵魂的不灭了，我们却信人格是神圣的，人权是神圣的。

这是近世宗教的"人化"。

但最重要的要算近世道德宗教的"社会化"。

古代的宗教大抵注重个人的拯救；古代的道德也大抵注重个人的修养。虽然也有自命普渡众生的宗教，虽然也有自命兼济天下的道德，然而终苦于无法下手，无力实行，只好仍旧回到个人的身心上用工夫，做那向内的修养。越向内做工夫，越看不见外面的现实世界；越在那不可捉摸的心性上玩把戏，越没有能力应付外面的实际问题。即如中国八百年的理学工夫居然看不见二万万妇女缠足的惨无人道！明心见性，何补于人道的苦痛困穷！坐禅主敬，不过造成许多"四体不勤，五谷不分"的废物！

近世文明不从宗教下手，而结果自成一个新宗教；不从道德入门，而结果自成一派新道德。十五十六世纪的欧洲国家简直都是几个海盗的国家，哥伦布（Columbus）、马汲伦（Magellan）（今译麦哲伦）、都芮克（Drake）（今译德雷克）一班探险家都只是一些大海盗。他们的目的只是寻求黄金，白银，香料，象牙，黑奴。然而这班海盗和海盗带来的商人开辟了无数新地，开拓了人的眼界，抬高了人的想像力，同时又增加了欧洲的富力。工业革命接着起来，生产的方法根本改变了，生产的能力更发达了。二三百年间，物质上的享受逐渐增加，人类的同情心也逐渐扩大。这种扩大的同情心便是新宗教新道德的基础。自己要争自由，同时便想到别人的自由，所以不但自由须以不侵犯他人的自由为界限，并且还进一步要要求绝大多数人的自由。自己要享受幸福，同时便想到人的幸福，所以乐利主义（Utilitarianism）的哲学家便提出"最大多数的最大幸福"的标准来做人类社会的目的。这都是"社会化"的趋势。

十八世纪的新宗教信条是自由，平等，博爱。十九世纪中叶以后的新宗教信条是社会主义。这是西洋近代的精神文明，这是东方民族不曾有过的精神文明。

固然东方也曾有主张博爱的宗教，也曾有公田均产的思想。但这些不过是纸上的文章，不曾实地变成社会生活的重要部分，不曾变成范围人生的势力，不曾在东方文化上发生多大的影响，在西方便不然了。"自由，平等，博爱"成了十八世纪的革命口号。美国的革命，法国的革命，1848年全欧洲的革命运动，1862年的南北美战争，都是在这三大主义的旗帜之下的大革命。美国的宪法，法国的宪法，以至于南美洲诸国的宪法，都是受了这三大主义的绝大影响的。旧阶级的打倒，专制政体的推翻，法律之下人人平等的观念的普遍，"信仰，思想，言论，出版"几大自由的保障的实行，普及教育的实施，妇女的解放，女权的运动，妇女参政的实现，……都是这个新宗教新道德的实际的表现。这不仅仅是三五个哲学家书本子里的空谈；这都是西洋近代社会政治制度的重要部分，这都已成了范围人生，影响实际生活的绝大势力。

十九世纪以来，个人主义的趋势的流弊渐渐暴白于世了，资本主义之下的苦痛也渐渐明了了。远识的人知道自由竞争的经济制度不能达到真正"自由，平等，博爱"的目的。向资本家手里要求公道的待遇，等于"与虎谋皮"。救济的方法只有两条大路：一是国家利用其权力，实行裁制资本家，保障被压迫的阶级；一是被压迫的阶级团结起来，直接抵抗资本阶级的压迫与掠夺。于是各种社会主义的理论与运动不断地发生。西洋近代文明本建筑在个人求幸福的基础之上，所以向来承认"财产"为神圣的人权之一。但十九世纪中叶以后，这个观念根本动摇了，有的人竟说"财产是贼赃"，有的人竟说"财产是掠夺"。现在私有财产制虽然还存在，然而国家可以征收极重的所得税和遗产税，财产久已不许完全私有了。劳动是向来受贱视的；但资本集中的制度使劳工有大组织的可能，社会主义的宣传与阶级的自觉又使劳工觉悟团结的必要，于是几十年之中，有组织的劳动阶级遂成了社会上最有势力的分子。十年以来，工党领袖可以执掌世界强国的政权，同盟总罢工可以屈伏最有势力的政府，俄国的劳农阶级竟做了全国的专政阶级。这个社会主义的大运动现在还正在进行的时期。但他的成绩已很可观了。各国的"社会立法"（Social Legislation）的发达，工厂的视察，工厂卫生的改良，儿童工作与妇女工作的救济，红利分配制度的推行，缩短工作时间的实行，工人的保险，合作制之推行，最低工资（Minimum Wage）的运动，失业的救济，级进制的（Progressive）所得税与遗产税的实行，……这都是这个大运动已经做到的成绩。这也不仅仅是纸上的文章，这也都已成了近代文明的重要部分。

这是"社会化"的新宗教与新道德。

东方的旧脑筋也许要说："这是争权夺利，算不得宗教与道德。"这里又正是东西文化的一个根本不同之点。一边是安分，安命，安贫，乐天，不争，认吃亏；一边是不安分，不安贫，不肯吃亏，努力奋斗，继续改善现成的境地。东方人见人富贵，说他是"前世修来的"；自己贫，也说是"前世不曾修"，说是"命该如此"。西方人便不然；他说："贫富的不平等，痛苦的待遇，都是制度的不良的结果，制度是可以改良的"。他们不是争权夺利，他们是争自由，争平等，争公道；他们争的不仅仅是个人的私利，他们奋斗的结果是人类绝大多数人的福利。最大多数人的最大幸福，不是袖手念佛号可以得来的，是必须奋斗力争的。

朋友们，究竟是哪一种文化能满足你们的心灵上的要求呢？

我们现在可综合评判西洋近代的文明了。这一系的文明建筑在"求人生幸福"的基础之上，确然替人类增进了不少的物质上的享受；然而他也确然很能满足人类的精神上的要求。他在理智的方面，用精密的方法，继继不断地寻求真理，探索自然界无穷的秘密。他在宗教道德的方面，推翻了迷信的宗教，建立合理的信仰；打倒了神权，建立人化的宗教；抛弃了那不可知的天堂净土，努力建设"人的乐国""人世的天堂"；丢开了那自称的个人灵魂的超拔，尽量用人的新想像力和新智力去推行那充分社会化了的新宗教与新道德，努力谋人类最大多数的最大幸福。

东方的文明的最大特色是知足。西洋的近代文明的最大特色是不知足。

知足的东方人自安于简陋的生活，故不求物质享受的提高；自安于愚昧，自安于"不识不知"，故不注意真理的发现与技艺器械的发明；自安于现成的环境与命运，故不想征服自然，只求乐天安命，不想改革制度，只图安分守己，不想革命，只做顺民。

这样受物质环境的拘束与支配，不能跳出来，不能运用人的心思智力来改造环境改良现状的文明，是懒惰不长进的民族的文明，是真正唯物的文明。这种文明只可以遏抑而决不能满足人类精神上的要求。

西方人大不然。他们说"不知足是神圣的"（Divine Discontent）。物质上的不知足产生了今日钢铁世界，汽机世界，电力世界。理智上的不知足产生了今日的科学世界。社会政治制度上的不知足产生了今日的民权世界，自由政体，男女平权的社会，劳工神圣的喊声，社会主义的运动。神圣的不知足是一切革新一切进化的动力。

这样充分运用人的聪明智慧来寻求真理以解放人的心灵，来制服天行以供人用，来改造物质的环境，来改革社会政治的制度，来谋人类最大多数的最大幸福，——这样的文明应该能满足人类精神上的要求；这样的文明是精神的文明，是真正理想主义的（Idealistic）文明，决不是唯物的文明。

固然，真理是无穷的，物质上的享受是无穷的，新器械的发明是无穷的，社会制度的改善是无穷的。但格一物有一物的愉快，革新一器有一器的满足，改良一种制度有一种制度的满意。今日不能成功的，明日明年可以成功；前人失败的，后人可以继续助成。尽一分力便有一分的满意；无穷的进境上，步步都可以给努力的人充分的愉快。所以大诗人邓内孙（Tennyson）（今译丁尼生）借古英雄Ulysses（尤利西斯）的口气歌唱道：

　　然而人的阅历就像一座穹门，

从那里露出那不曾走过的世界，

越走越远，永永望不到他的尽头。

半路上不干了，多么沉闷呵！

明晃晃的快刀为什么甘心上锈！

难道留得一口气就算得生活了？

…………

朋友，来罢！

去寻一个更新的世界是不会太晚的。

…………

用掉的精力固然不回来了，剩下的还不少呢。

现在虽然不是从前那样掀天动地的身手了，

然而我们毕竟还是我们，——

光阴与命运颓唐了几分壮志！

终止不住那不老的雄心，

去努力，去探寻，去发见，

永不退让，不屈伏。

名　教

中国是个没有宗教的国家，中国人是个不迷信宗教的民族。——这是近年来几个学者的结论。有些人听了很洋洋得意，因为他们觉得不迷信宗教是一件光荣的事。有些人听了要做愁眉苦脸，因为他们觉得一个民族没有宗教是要堕落的。

于今好了，得意的也不可太得意了，懊恼的也不必懊恼了。因为我们新发现中国不是没有宗教的：我们中国有一个很伟大的宗教。

孔教早倒霉了，佛教早衰亡了，道教也早冷落了。然而我们却还有我们的宗教。这个宗教是什么教呢？提起此教，大大有名，他就叫做"名教"。

名教信仰什么？信仰"名"。

名教崇拜什么？崇拜"名"。

名教的信条只有一条："信仰名的万能。"

"名"是什么？这一问似乎要做点考据。《论语》里孔子说，"必也正名乎"，郑玄注：

> 正名，谓正书字也。古者曰名，今世曰字。

《仪礼·聘礼》注：

> 名，书文也。今谓之字。

《周礼·大行人》下注：

> 书名，书文字也。古曰名。

《周礼·外史》下注：

> 古曰名，今曰字。

《仪礼·聘礼》的释文说：

> 名，谓文字也。

总括起来，"名"即是文字，即是写的字。

"名教"便是崇拜写的文字的宗教；便是信仰写的字有神力，有魔力的宗教。

这个宗教，我们信仰了几千年，却不自觉我们有这样一个伟大宗教。不自觉的缘故正是因为这个宗教太伟大了，无往不在，无所不包，就如同空气一样，我们日日夜夜在空气里生活，竟不觉得空气的存在了。

现在科学进步了，便有好事的科学家去分析空气是什么，便也有好事的学者去分析这个伟大的名教。

民国十五年有位冯友兰先生发表一篇很精辟的《名教之分析》（《现代评论》第二周年纪念增刊，页一九四——一九六）。冯先生指出"名教"便是崇拜名词的宗教，是崇拜名词所代表的概念的宗教。

冯先生所分析的还只是上流社会和智识阶级所奉的"名教"，它的势力虽然也很伟大，还算不得"名教"的最重要部分。

这两年来，有位江绍原先生在他的"礼部"职司的范围内，发现了不少有趣味的材料，陆续在《语丝》《贡献》几种杂志上发表。他同他的朋友们收的材料是细大不捐，雅俗无别的；所以他们的材料使我们渐渐明白我们中国民族崇奉的"名教"是个什么样子。

究竟我们这个贵教是个什么样子呢？且听我慢慢道来。

先从一个小孩生下地说起。古时小孩生下地之后，要请一位专门术家来听小孩的哭声，声中某律，然后取名字（看江绍原《小品》百六八，《贡献》第八期，页二四）。现在的民间变简单了，只请一个算命的，排排八字，看他缺少五行之中的哪一行。若缺水，便取个水旁的名字；若缺金，便取个金旁的名字。若缺火又缺土的，我们徽州人便取个"灶"字。名字可以补气禀的缺陷。

小孩命若不好，便把他"寄名"在观音菩萨的座前，取个和尚式的"法名"，便可以无灾无难了。

小孩若爱啼啼哭哭，睡不安宁，便写一张字帖，贴在行人小便的处所，上写着：

> 天皇皇，地皇皇，我家有个夜啼郎。过路君子念一遍，一夜睡到大天光。

文字的神力真不少。

小孩跌了一交，受了惊骇，那是骇掉了"魂"了，须得"叫魂"。魂怎么叫呢？到那跌交的地方，撒把米，高叫小孩子的名字，一路叫回家。叫名便是叫魂了。

小孩渐渐长大了，在村学堂同人打架，打输了，心里恨不过，便拿一条柴炭，在墙上写着诅咒他的仇人的标语："王阿三热病打死。"他写了几遍，心上的气便平了。

他的母亲也是这样。她受了隔壁王七嫂的气，便拿一把菜刀，在刀板上剁，一面剁，一面喊"王七老婆"的名字，这便等于乱剁王七嫂了。

他的父亲也是"名教"的信徒。他受了王七哥的气，打又打他不过，只好破口骂他，骂他的爹妈，骂他的妹子，骂他的祖宗十八代。骂了便算出了气了。

据江绍原先生的考察，现在这一家人都大进步了。小孩在墙上会写"打倒阿毛"了。他妈也会喊"打倒周小妹"了。他爸爸也会贴"打倒王庆来"了（《贡献》九期，江绍原《小品》页七八）。

他家里人口不平安，有病的，有死的。这也有好法子。请个道士来，画几道符，大门上贴一张，房门上贴一张，毛厕上也贴一张，病鬼便都跑掉了，再不敢进门了。画符自然是"名教"的重要方法。

死了的人又怎么办呢？请一班和尚来，念几卷经，便可以超度死者了。念经自然也是"名教"的重要方法。符是文字，经是文字，都有不可思议的神力。

死了人，要"点主"。把神主牌写好，把那"主"字上头的一点空着。请一位乡绅来点主。把一只雄鸡头上的鸡冠切破，那位赵乡绅把朱笔蘸饱了鸡冠血，点上"主"字。从此死者的灵魂遂凭依在神主牌上了。

吊丧须用挽联，贺婚贺寿须用贺联；讲究的送幛子，更讲究的送祭文寿序。都是文字，都是"名教"的一部分。

豆腐店的老板梦想发大财，也有法子。请村口王老师写副门联："生意兴隆通四海，财源茂盛达三江。"这也可以过发财的瘾了。

赵乡绅也有他的梦想，所以他也写副门联："总集福荫，备致嘉祥。"

王老师虽是不通，虽是下流，但他也得写一副门联："文章华国，忠孝传家。"

豆腐店老板心里还不很满足，又去请王老师替他写一个大红春帖："对我生财"，贴在对面墙上，于是他的宝号就发财的样子十足了。

王老师去年的家运不大好，所以他今年元旦起来，拜了天地，洗净手，拿起笔来，写个红帖子："戊辰发笔，添丁进财。"他今年一定时运大来了。

父母祖先的名字是要避讳的。古时候，父名晋，儿子不得应进士考试。现在宽的多了，但避讳的风俗还存在一般社会里。皇帝的名字现在不避讳了。但孙中山死后，"中山"尽管可用作学校地方或货品的名称，"孙文"便很少人用了；忠实同志都应该称他为"先总理"。

南京有一个大学，为了改校名，闹了好几次大风潮，有一次竟把校名牌子抬了送到大学院去。

北京下来之后，名教的信徒又大忙了。北京已改做"北平"了；今天又有人提议改南京做"中京"了。还有人郑重提议"故宫博物院"应该改作"废宫博物院"。将来这样大改革的事业正多呢。

前不多时，南京的《京报附刊》的画报上有一张照片，标题是"军事委员会政治训练部宣传处艺术科写标语之忙碌"。图上是五六个中山装的青年忙着写标语；桌上，椅背上，地板上，满铺着写好了的标语，有大字，有小字，有长句，有短句。

这不过是"写"的一部分工作；还有拟标语的，有讨论审定标语的，还有贴标语的。

5月初济南事件发生以后，我时时往来淞沪铁路上，每一次四十分钟的旅行所见的标语总在一千张以上；出标语的机关至少总在七八十个以上。有写着"枪毙田中义一"的，有写着"活埋田中义一"的，有写着"杀尽矮贼"而把"矮贼"两字倒转来写，如报纸上寻人广告倒写的"人"字一样。"人"字倒写，人就会回来了；"矮贼"倒写，矮贼也就算打倒了。

现在我们中国已成了口号标语的世界。有人说，这是从苏俄学来的法子。这是很冤枉的。我前年在莫斯科住了三天，就没有看见墙上有一张标语。标语是道地的国货，是"名教"国家的祖传法宝。

试问墙上贴一张"打倒帝国主义"，同墙上贴一张"对我生财"或"抬头见喜"，有什么分别？是不是一个师父传授的衣钵？

试问墙上贴一张"活埋田中义一"，同小孩子贴一张"雷打王阿毛"，有什么分别？是不是一个师父传授的法宝？

试问"打倒唐生智""打倒汪精卫"，同王阿毛贴的"阿发黄病打死"，有什么分别？王阿毛尽够做老师了，何须远学莫斯科呢？

自然，在党国领袖的心目中，口号标语是一种宣传的方法，政治的武器。但在中小学生的心里，在第九十九师十五连第三排的政治部人员的心里，口号标语便不过是一种出气泄愤的法子罢了。如果"打倒帝国主义"是标语，那么，第十区的第七小学为什么不可贴"杀尽矮贼"的标语呢？如果"打倒汪精卫"是正当的标语，那么"活埋田中义一"为什么不是正当的标语呢？

如果多贴几张"打倒汪精卫"可以有效果，那么，你何以见得多贴几张"活埋田中义一"不会使田中义一打个寒噤呢？

故从历史考据的眼光看来，口号标语正是"名教"的正传嫡派。因为在绝大多数人的心里，墙上贴一张"国民政府是为全民谋幸福的政府"正等于门上写一条"姜太公在此"，有灵则两者都应该有灵，无效则两者同为废纸而已。

我们试问，为什么豆腐店的张老板要在对门墙上贴一张"对我生财"？岂不是因为他天天对着那张纸可以过一点发财的瘾吗？为什么他元旦开门时嘴里要念"元宝滚进来"？岂不是因为他念这句话时心里感觉舒服吗？

要不然，只有另一个说法，只可说是盲从习俗，毫无意义。张老板的祖宗下来每年都贴一张"对我生财"，况且隔壁剃头店门口也贴了一张，所以他不能不照办。

现在大多数喊口号，贴标语的，也不外这两种理由：一是心理上的过瘾，一是无意义的盲从。

少年人抱着一腔热沸的血，无处发泄，只好在墙上大书"打倒卖国贼"，或"打倒日本帝国主义"。写完之后，那二尺见方的大字，那颜鲁公的书法，个个挺出来，好生威武，他自己看着，血也不沸了，气也稍稍平了，心里觉得舒服的多，可以坦然回去休息了。于是他的一腔义愤，不曾收敛回去，在他的行为上与人格上发生有益的影响，却轻轻地发泄在墙头的标语上面了。

这样的发泄情感，比什么都容易，既痛快，又有面子，谁不爱做呢？一回生，二回熟，便成了惯例了，于是"五一""五三""五四""五七""五九""六三"……都照样做去：放一天假，开个纪念会，贴无数标语，喊几句口号，就算做了纪念了！

于是月月有纪念，周周做纪念周，墙上处处是标语，人人嘴上有的是口号。于是老祖宗几千年相传的"名教"之道遂大行于今日，而中国遂成了一个"名教"的国家。

我们试进一步，试问，为什么贴一张"雷打王阿毛"或"枪毙田中义一"可以发泄我们的感情，可以出气泄愤呢？

这一问便问到"名教"的哲学上去了。这里面的奥妙无穷，我们现在只能指出几个有趣味的要点。

第一，我们的古代老祖宗深信"名"就是魂，我们至今不知不觉地还逃不了这种古老迷信的影响。"名就是魂"的迷信是世界人类在幼稚时代同有的。埃及人的第八魂就是"名魂"。我们中国古今都有此迷信。《封神演义》上有个张桂芳能够"呼名落马"；他只叫一声"黄飞虎还不下马，更待何时！"黄飞虎就滚下五色神牛了。不幸张桂芳遇见了哪吒，喊来喊去，哪吒立在风火轮上不滚下来，因为哪吒是莲花化身，没有魂的。《西游记》上有个银角大王，他用一个红葫芦，叫一声"孙行者"，孙行者答应一声，就被装进去了。后来孙行者逃出来，又来挑战，改名做"行者孙"，答应了一声，也就被装了进去！因为有名就有魂了（参看《贡献》八期，江绍原《小品》百五四）。民间"叫魂"，只是叫名字，因为叫名字就是叫魂了。因为如此，所以小孩在墙上写"鬼捉王阿毛"，便相信鬼真能把阿毛的魂捉去。党部中人制定"打倒汪精卫"的标语，虽未必相信"千夫所指，无病自死"；但那位贴"枪毙田中"的小学生却难保不知不觉地相信他有咒死田中的功用。

第二，我们的古代老祖宗深信"名"（文字）有不可思议的神力，我们也免不了这种迷信的影响。这也是幼稚民族的普通迷信，高等民族也往往不能免除。《西游记》上如来佛写了"唵嘛呢叭咪吽"六个字，便把孙猴子压住了一千年。观音菩萨念一个"唵"字咒语，便有诸神来见。他在孙行者手心写一个"唵"字，就可以引红孩儿去受擒。小说上的神仙妖道作法，总得"口中念念有词"。一切符咒，都是有神力的文字。现在有许多人似乎真相信多贴几张"打倒军阀"的标语便可以打倒张作霖了。他们若不信这种神力，何以不到前线去打仗，却到吴淞镇的公共厕所墙上张贴"打倒张作霖"的标语呢？

第三，我们的古代圣贤也曾提倡一种"理智化"了的"名"的迷信，几千年来深入人心，也是造成"名教"的一种大势力。卫君要请孔子去治国，孔老先生却先要"正名"。他恨极了当时的乱臣贼子，却又"手无斧柯，奈龟山何！"所以他只好做一部《春秋》来褒贬他们，"一字之贬，严于斧钺；一字之褒，荣于华衮"。这种思想便是古代所谓"名分"的观念。尹文子说：

> 善名命善，恶名命恶。故善有善名，恶有恶名。……今亲贤而疏不肖，赏善而罚恶。贤不肖，善恶之名宜在彼；亲疏赏罚之称宜属我。……"名"宜属彼，"分"宜属我。我爱白而憎黑，韵商而舍徵，好膻而恶焦，嗜甘而逆苦。白黑商徵，膻焦甘苦，彼之"名"也；爱憎韵舍，好恶嗜逆，我之"分"也。定此名分，则万事不乱也。

"名"是表物性的，"分"是表我的态度的。善名便引起我爱敬的态度，恶名便引起我厌恨的态度。这叫做"名分"的哲学。"名教""礼教"便建筑在这种哲学的基础之上。一块石头，变作了贞节牌坊，便可以引无数青年妇女牺牲她们的青春与生命去博礼教先生的一篇铭赞，或志书"列女"门里的一个名字。"贞节"是"名"，羡慕而情愿牺牲，便是"分"。女子的脚裹小了，男子赞为"美"，诗人说是"三寸金莲"，于是几万万的妇女便拼命裹小脚了。"美"与"金莲"是"名"，羡慕而情愿吃苦牺牲，便是"分"。现在人说小脚"不美"，又"不人道"，名变了，分也变了，于是小脚的女子也得塞棉花，充天脚了。——现在的许多标语，大都有个褒贬的用意：宣传便是宣传这褒贬的用意。说某人是"忠实同志"，便是教人"拥护"他。说某人是"军阀""土豪劣绅""反动""反革命""老朽昏庸"，便是教人"打倒"他。故"忠实同志""总理信徒"的名，要引起"拥护"的分。"反动分子"的名，要引起"打倒"的分。故今日墙上的无数"打倒"与"拥护"，其实都是要寓褒贬，定名分。不幸标语用的太滥了，今天要打倒的，明天却又在拥护之列了；今天的忠实同志，明天又变为反革命了。于是打倒不足为辱，而反革命有人竟以为荣。于是"名教"失其作用，只成为墙上的符箓而已。

两千年前，有个九十岁的老头子对汉武帝说："为治不在多言，顾力行何如耳。"两千年后，我们也要对现在的治国者说：

治国不在口号标语，顾力行何如耳。

一千多年前，有个庞居士，临死时留下两句名言：

但愿空诸所有。慎勿实诸所无。

"实诸所无"，如"鬼"本是没有的，不幸古代的浑人造出"鬼"名，更造出"无常鬼""大头鬼""吊死鬼"等等名，于是人的心里便像煞真有鬼了。我们对于现在的治国者，也想说：

但愿实诸所有。慎勿实诸所无。

末了，我们也学时髦，编两句口号：

打倒名教！名教扫地，中国有望！

贞操问题

一

周作人先生所译的日本与谢野晶子的《贞操论》（《新青年》四卷五号），我读了很有感触。这个问题，在世界上受了几千年无意识的迷信，到近几十年中，方才有些西洋学者正式讨论这问题的真意义。文学家如易卜生的《群鬼》和Thomas Hardy（托马斯·哈代）的《苔丝》（Tess），都带着讨论这个问题。如今家庭专制最利害的日本居然也有这样大胆的议论！这是东方文明史上一件极可贺的事。

当周先生翻译这篇文字的时候，北京一家很有价值的报纸登出一篇恰相反的文章。这篇文章是海宁朱尔迈的《会葬唐烈妇记》（7月23、24日北京《中华新报》）。上半篇写唐烈妇之死如下：

> 唐烈妇之死，所阅灰水，钱卤，投河，雉经者五，前后绝食者三；又益之以砒霜，则其亲试乎杀人之方者凡九。自除夕上溯其夫亡之夕，凡九十有八日。夫以九死之惨毒，又历九十八日之长，非所称百挫千折有进而无退者乎？……

下文又借出一件"俞氏女守节"的事来替唐烈妇作陪衬：

> 女年十九，受海盐张氏聘，未于归，夫天，女即绝食七

125

> 日；家人劝之力，始进糜曰，"吾即生，必至张氏，宁服丧三
> 年，然后归报地下。"

最妙的是朱尔迈的论断：

> 嗟乎，俞氏女盖闻烈妇之风而兴起者乎？……俞氏女果能
> 死于绝食七日之内，岂不甚幸？乃为家人阻之，俞氏女亦以三
> 年为己任，余正恐三年之间，凡一千八十日有奇，非如烈妇之
> 九十八日也。且绝食之后，其家人防之者百端，……虽有死之
> 志，而无死之间，可奈何？烈妇倘能阴相之以成其节，风化所
> 关，猗欤盛矣！

这种议论简直是全无心肝的贞操论，俞氏女还不曾出嫁，不过因为信
了那种荒谬的贞操迷信，想做那"青史上留名的事"，所以绝食寻死，想
做烈女。这位朱先生要维持风化，所以忍心害理的巴望那位烈妇的英灵来
帮助俞氏女赶快死了，"岂不甚幸！"这种议论可算得贞操迷信的极端代
表。《儒林外史》里面的王玉辉看他女儿殉夫死了，不但不哀痛，反仰天
大笑道："死得好！死得好！"（五十二回）王玉辉的女儿殉已嫁之夫，
尚在情理之中。王玉辉自己"生这女儿为伦纪生色"，他看他女儿死了反
觉高兴，已不在情理之中了。至于这位朱先生巴望别人家的女儿替他未婚
夫做烈女，说出那种"猗欤盛矣"的全无心肝的话，可不是贞操迷信的极
端代表吗？

贞操问题之中，第一无道理的，便是这个替未婚夫守节和殉烈的风
俗。在文明国里，男女用自由意志，由高尚的恋爱，订了婚约，有时男的
或女的不幸死了，剩下的那一个因为生时爱情太深，故情愿不再婚嫁。这
是合情理的事。若在婚姻不自由之国，男女订婚以后，女的还不知男的面
长面短，有何情爱可言？不料竟有一种陋儒，用"青史上留名的事"来鼓
励无知女儿做烈女，"为伦纪生色""风化所关，猗欤盛矣！"我以为我
们今日若要作具体的贞操论，第一步就该反对这种忍心害理的烈女论，要
渐渐养成一种舆论，不但永不把这种行为看作"猗欤盛矣"可旌表褒扬的

事，还要公认这是不合人情，不合天理的罪恶；还要公认劝人做烈女，罪等于故意杀人。

这不过是贞操问题的一方面。这个问题的真相，已经与谢野晶子说得很明白了。她提出几个疑问，内中有一条是："贞操是否单是女子必要的道德，还是男女都必要的呢？"这个疑问，在中国更为重要。中国的男子要他们的妻子替他们守贞守节，他们自己却公然嫖妓，公然纳妾，公然"吊膀子"。再嫁的妇人在社会上几乎没有社交的资格；再婚的男子，多妻的男子，却一毫不损失他们的身分。这不是最不平等的事吗？怪不得古人要请"周婆制礼"来补救"周公制礼"的不平等了。

我不是说，因为男子嫖妓，女子便该偷汉；也不是说，因为老爷有姨太太，太太便该有姨老爷。我说的是，男子嫖妓，与妇人偷汉，犯的是同等的罪恶；老爷纳妾，与太太偷人，犯的也是同等的罪恶。

为什么呢？因为贞操不是个人的事，乃是人对人的事；不是一方面的事，乃是双方面的事。女子尊重男子的爱情，心思专一，不肯再爱别人，这就是贞操。贞操是一个"人"对别一个"人"的一种态度。因为如此，男子对于女子，也该有同等的态度。若男子不能照样还敬，他就是不配受这种贞操的待遇。这并不是外国进口的妖言，这乃是孔丘说的"己所不欲，勿施于人"。孔丘说：

> 君子之道四，丘未能一焉：所求乎子以事父，未能也；所求乎臣以事君，未能也；所求乎弟以事兄，未能也；所求乎朋友，先施之，未能也。

孔丘五伦之中，只说了四伦，未免有点欠缺。他理该加上一句道：

> 所求乎吾妇，先施之，未能也。

这才是大公无私的圣人之道！

二

我这篇文字刚才做完，又在上海报上看见陈烈女殉夫的事。今先记此事大略如下：

陈烈女名宛珍，绍兴县人，三世居上海。年十七，字王远甫之子菁士。菁士于本年三月廿三日病死，年十八岁。陈女闻死耗，即沐浴更衣，潜自仰药。其家人觉察，仓皇施救，已无及。女乃泫然曰："儿志早决，生虽未获见夫，殁或相从地下，……"言讫，遂死，死时距其未婚夫之死仅三时而已。（此据上海绍兴同乡会所出征文启）

过了两天，又见上海县知事呈江苏省长请予褒扬的呈文，中说：

呈为陈烈女行实可风，造册具书证明，请予按例褒扬事。……（事实略）……兹据呈称……并开具事实，附送褒扬费银六元前来。……知事复查无异。除先给予"贞烈可风"匾额，以资旌表外，谨援《褒扬条例》……之规定，造具清册，并附证明书，连同褒扬费，一并备文呈送，仰祈鉴核，俯赐咨行内务部将陈烈女按例褒扬，实为德便。

我读了这篇呈文，方才知道我们中华民国居然还有什么《褒扬条例》。于是我把那些条例寻来一看，只见第一条九种可褒扬的行谊的第二款便是"妇女节烈贞操可以风世者"；第七款是"著述书籍，制造器用，于学术技艺有发明或改良之功者"；第九款是"年逾百岁者"！一个人偶然活到了一百岁，居然也可以与学术技艺上的著作发明享受同等的褒扬！这已是不伦不类可笑得很了。再看那条例《施行细则》解释第一条第二款的"妇女节烈贞操可以风世者"如下：

第二条：《褒扬条例》第一条第二款所称之"节"妇，其守节年限自三十岁以前守节至五十岁以后者。但年未五十而身故，其守节已及六年者同。

第三条：同条款所称之"烈"妇"烈"女，凡遇强暴不从致死，或羞忿自尽，及夫亡殉节者，属之。

第四条：同条款所称之"贞"女，守贞年限与节妇同。其在夫家守贞身故，及未符年例而身故者，亦属之。

以上各条乃是中国贞操问题的中心点。第二条褒扬"自三十岁以前守节至五十岁以后"的节妇，是中国法律明明认三十岁以下的寡妇不该再嫁；再嫁为不道德。第三条褒扬"夫亡殉节"的烈妇烈女，是中国法律明明鼓励妇人自杀以殉夫；明明鼓励未嫁女子自杀以殉未嫁之夫。第四条褒扬未嫁女子替未婚亡夫守贞二十年以上，是中国法律明明说未嫁而丧夫的女子不该再嫁人；再嫁便是不道德。

这是中国法律对于贞操问题的规定。

依我个人的意思看来，这三种规定都没有成立的理由。

第一，寡妇再嫁问题。这全是一个个人问题。妇人若是对她已死的丈夫真有割不断的情义，她自己不忍再嫁；或是已有了孩子，不肯再嫁；或是年纪已大，不能再嫁；或是家道殷实，不愁衣食，不必再嫁：——妇人处于这种境地，自然守节不嫁。还有一些妇人，对她丈夫，或有怨心，或无恩意，年纪又轻，不肯抛弃人生正当的家庭快乐；或是没有儿女，家又贫苦，不能度日：——妇人处于这种境遇没有守节的理由，为个人计，为社会计，为人道计，都该劝她改嫁。贞操乃是夫妇相待的一种态度。夫妇之间爱情深了，恩谊厚了，无论谁生谁死，无论生时死后，都不忍把这爱情移于别人，这便是贞操。夫妻之间若没有爱情恩意，即没有贞操可说。若不问夫妇之间有无可以永久不变的爱情，若不问做丈夫的配不配受他妻子的贞操，只晓得主张做妻子的总该替她丈夫守节；这是一偏的贞操论，这是不合人情公理的伦理。再者，贞操的道德，"照各人境遇体质的不同，有时能守，有时不能守；在甲能守，在乙不能守"（用与谢野晶子的话）。若不问个人的境遇体质，只晓得说"忠臣不事二君，烈女不更二夫"；只晓得说"饿死事极小，失节事极大"（用程子语）；这是忍心害理，男子专制的贞操论。——以上所说，大旨只要指出寡妇应否再嫁全是个人问题，有个人恩情上，体质上，家计上种种不同的理由，不可偏于一方面主张不近情理的守节。因为如此，故我极端反对国家用法律的规定来褒扬守节不嫁的寡妇。褒扬守节的寡妇，即是说寡妇再嫁为不道德，即是主张一偏的贞操论。法律既不能断定寡妇再嫁为不道德，即不该褒扬不嫁的寡妇。

第二，烈妇殉夫问题。寡妇守节最正当的理由是夫妇间的爱情。妇人殉夫最正当的理由也是夫妇间的爱情。爱情深了，生离尚且不能堪，何况死别？再加以宗教的迷信，以为死后可以夫妇团圆。因此有许多妇人，夫死之后，情愿杀身从夫于地下。这个不属于贞操问题。但我以为无论如何，这也是个人恩爱问题，应由个人自由意志去决定。无论如何，法律总不该正式褒扬妇人自杀殉夫的举动。一来呢，殉夫既由于个人的恩爱，何须用法律来褒扬鼓励？二来呢，殉夫若由于死后团圆的迷信，更不该有法律的褒扬了。三来呢，若用法律来褒扬殉夫的烈妇，有一些好名的妇人，便要借此博一个"青史留名"；是法律的褒扬反发生一种沽名钓誉，作伪不诚的行为了！

第三，贞女烈女问题。未嫁而夫死的女子，守贞不嫁的，是"贞女"；杀身殉夫的，是"烈女"。我上文说过，夫妇之间若没有恩爱，即没有贞操可说。依此看来，那未嫁的女子，对于她丈夫有何恩爱？既无恩爱，更有何贞操可守？我说到这里，有个朋友驳我道，"这话别人说了还可，胡适之可不该说这话。为什么呢？你自己曾做过一首诗，诗里有一段道：

> 我不认得他，他不认得我，我却常念他，这是为什么？
>
> 岂不因我们，分定常相亲？由分生情意，所以非路人。
>
> 海外土生子，生不识故里，终有故乡情，其理亦如此。

依你这诗的理论看来，岂不是已订婚而未嫁娶的男女因为名分已定，也会有一种情意。既有了情意，自然发生贞操问题。你于今又说未婚嫁的男女没有恩爱，故也没有贞操可说，可不是自相矛盾吗？"

我听了这番驳论，几乎开口不得。想了一想，我才回答道：我那首诗所说名分上发生的情意，自然是有的；若没有那种名分上的情意，中国的旧式婚姻决不能存在。如旧日女子听人说她未婚夫的事，即面红害羞，即留神注意，可见她对她未婚夫实有这种名分上所发生的情谊。但这种情谊完全属于理想的。这种理想的情谊往往因实际上的反证，遂完全消灭。如女子悬想一个可爱的丈夫，及到嫁时，只见一个极下流不堪的男子，她如何能坚持那从前理想中的情谊呢？我承认名分可以发生一种情谊，我并且希望一切名分都能发生相当的情谊。但这种理想的情谊，依我看来实在不够发生终身不嫁的贞操，更不够发生杀身殉夫的节烈。即使我更让一步，承认中国有些女子，例如吴趼人《恨海》里那个浪子的聘妻，深中了圣贤经传的毒，由名分上真能生出极浓挚的情谊，无论她未婚夫如何淫荡，人格如何堕落，依旧贞一不变。试问我们在这个文明时代，是否应该赞成提倡这种盲从的贞操？这种盲从的贞操，只值得一句"其愚不可及也"的评论，却不值得法律的褒扬。法律既许未嫁的女子夫死再嫁，便不该褒扬处女守贞。至于法律褒扬无辜女子自杀以殉不曾见面的丈夫，那更是男子专制时代的风俗，不该存在于现今的世界。

总而言之，我对于中国人的贞操问题，有三层意见。

第一，这个问题，从前的人都看作"天经地义"，一味盲从，全不研究"贞操"两字究竟有何意义。我们生在今日，无论提倡何种道德，总该想想那种道德的真意义是什么。墨子说得好：

> 子墨子问于儒者曰，"何故为乐？"曰，"乐以为乐也"。子墨子曰，"子未我应也。今我问曰，'何故为室？'曰，'冬避寒焉，夏避暑焉，室以为男女之别也'，则子告我为室之故矣。今我问曰，'何故为乐？'曰，'乐以为乐也'。是犹曰，'何故为室？'曰，'室以为室也'"。（《公孟》篇）

今试问人"贞操是什么"或"为什么你褒扬贞操？"他一定回答道，"贞操就是贞操。我因为这是贞操，故褒扬他"。这种"室以为室也"的论理，便是今日道德思想宣告破产的证据。故我做这篇文字的第一个主意只是要大家知道"贞操"这个问题并不是"天经地义"，是可以彻底研究，可以反复讨论的。

第二，我以为贞操是男女相待的一种态度，乃是双方交互的道德，不是偏于女子一方面的。由这个前提，便生出几条引申的意见：（一）男子对于女子，丈夫对于妻子，也应有贞操的态度；（二）男子做不贞操的行为，如嫖妓娶妾之类，社会上应该用对待不贞妇女的态度来对待他；（三）妇女对于无贞操的丈夫，没有守贞操的责任；（四）社会法律既不认嫖妓纳妾为不道德，便不该褒扬女子的"节烈贞操"。

第三，我绝对的反对褒扬贞操的法律。我的理由是：

（一）贞操既是个人男女双方对待的一种态度，诚意的贞操是完全自动的道德，不容有外部的干涉，不须有法律的提倡。

（二）若用法律的褒扬为提倡贞操的方法，势必至造成许多沽名钓誉，不诚实，无意识的贞操举动。

（三）在现代社会，许多贞操问题，如寡妇再嫁，处女守贞，等等问题的是非得失，却都还有讨论余地，法律不当以武断的态度制定褒贬的规条。

（四）法律既不奖励男子的贞操，又不惩男子的不贞操，便不该单独提倡女子的贞操。

（五）以近世人道主义的眼光看来，褒扬烈妇烈女杀身殉夫，都是野蛮残忍的法律，这种法律，在今日没有存在的地位。

我对于丧礼的改革

去年北京通俗讲演所请我讲演"丧礼改良"，讲演日期定在11月27日。不料到了11月24日，我接到家里的电报，说我的母亲死了。我的讲演还没有开讲，就轮着我自己实行"丧礼改良"了！

我们于25日赶回南。将动身的时候，有两个学生来见我，他们说："我们今天过来，一则是送先生起身；二则呢，适之先生向来提倡改良礼俗，现在不幸遭大丧，我们很盼望先生能把旧礼大大的改革一番。"

我谢了他们的好意，就上车走了。

我出京之先，想到家乡印刷不便，故先把讣帖付印。讣帖如下式：

> 先母冯太夫人于中华民国七年十一月二十三日病殁于安徽绩溪上川本宅。敬此讣闻。
>
> 胡　适　觉　谨告

这个讣帖革除了三种陋俗：一是"不孝□□等罪孽深重，不自殒灭，祸延显妣"，一派的鬼话。这种鬼话含有儿子有罪连带父母的报应观念，在今日已不能成立；况且现在的人心里本不信这种野蛮的功罪见解，不过因为习惯如此，不能不用，那就是无意识的行为。二是"孤哀子□□等泣血稽颡"的套语。我们在民国礼制之下，已不"稽颡"，更不"泣血"，又何必自欺欺人呢？三是"孤哀子"后面排着那一大群的"降服子""齐衰期服孙""期""大功""小功"，……等等亲族，和"扰泪稽首""拭泪稽首"，……等等有"谱"的虚文。这一大群人为什么要在讣闻上占一个位置呢？因为这是古代宗法社会遗传下来的风俗如此。现在我们既然不承认大家族的恶风俗，自然用不着列入这许多名字了。还有那从"泣血稽颡"到"拭泪顿首"一大串的阶级，又是因为什么呢？这是儒家"亲亲之杀"的流毒。因为亲疏有等级，故在纸上写一个"哭"字也要依着分等级的"谱"。我们绝对不承认哭丧是有"谱"的，故把这些有谱的虚文一概删去了。

我在京时，家里电报问"应否先殓"，我复电说"先殓"。我们到家时，已殓了七日了，衣衾棺材都已办好，不能有什么更动。我们徽州的风俗，人家有丧事，家族亲眷都要送锡箔，白纸，香烛；讲究的人家还要送"盘缎"，纸衣帽，纸箱担，等件。锡箔和白纸是家家送的，太多了，烧也烧不完，往往等丧事完了，由丧家打折扣卖给店家。这种糜费，真是无道理。我到家之后，先发一个通告给各处有往来交谊的人家。通告上说：

> 本宅丧事拟于旧日陋俗略有所改良。倘蒙赐吊，只领香一炷或挽联之类。此外如锡箔，素纸，冥器，盘缎等物，概不敢领，请勿见赐。　伏乞鉴原。

这个通告随着讣帖送去，果然发生效力，竟没有一家送那些东西来的。

和尚，道士，自然是不用的了。他们怨我，自不必说。还有几个投机的人，预算我家亲眷很多，定做冥器盘锻的一定不少，故他们在我们村上新开一个纸扎铺，专做我家的生意。不料我把这东西都废除了，这个新纸扎铺只好关门。

　　我到家之后，从各位长辈亲戚处访问事实，——因为我去国日久，事实很模糊了，——做了一篇《先母行述》。我们既不"寝苫"，又不"枕块"，自然不用"苦块昏迷，语无伦次"等等诳语了。"棘人"两字，本来不通，（《诗·桧风·素冠》一篇本不是指三年之丧的，乃是怀人的诗，故有"聊与子同归""聊与子如一"的话，素冠素衣也不过是与《曹风》"麻衣如雪"同类的话，未必专指丧服；"棘人"两字，棘训急，训瘠，也不过是"劳人"的意思；这一首很好的相思诗，被几个腐儒解作一篇丧礼论，真是可恨！）故也不用了。我做这篇《行述》，抱定一个说老实话的宗旨，故不免得罪了许多人。但是得罪了许多人，便是我说老实话的证据。文人做死人的传记，既怕得罪死人，又怕得罪活人，故不能不说谎，说谎便是大不敬。

　　讣闻出去之后，便是受吊。吊时平常的规矩是：外面击鼓，里面启灵帏，主人男妇举哀，吊客去了，哀便止了。这是作伪的丑态。古人"哀至则哭"，哭岂是为吊客哭的吗？因为人家要用哭来假装"孝"，故有大户人家吊客多了，不能不出钱雇人来代哭，我是一个穷书生，哪有钱来雇人代我们哭？所以我受吊的时候，灵帏是开着的，主人在帏里答谢吊客，外面有子侄辈招待客人；哀至即哭，哭不必做出种种假声音，不能哭时，便不哭了，决不为吊客做出举哀的假样子。

　　再说祭礼。我们徽州是朱子、江慎修、戴东原、胡培翚的故乡，代代有礼学专家，故祭礼最讲究。我做小孩的时候，也不知看了多少次的大祭小祭。祭礼很繁，每一个祭，总得要两三个钟头；祠堂里春分冬至的大祭，要四五点钟。我少时听见秀才先生们说，他们半夜祭春分冬至，跪着读祖宗谱，一个人一本，读"某某府君，某某孺人"，烛光又不明，天气又冷，石板的地又冰又硬，足足要跪两点钟！他们为了祭包和胙肉，不能不来鬼混念一遍。这还算是宗法社会上一种很有意味的仪节。最怪的，是人家死了人，一定要请一班秀才先生来做"礼生"，代主人做祭。祭完了，每个礼生可得几尺白布，一条白腰带，还可吃一桌"九碗"或"八大八小"。大户人家，停灵日子长，天天总要热闹，故天天须有一个祭。或是自己家祭，或是亲戚家"送祭"。家祭是今天长子祭，明天少子祭，后天长孙祭，……送祭是那些有钱的亲眷，远道不能来，故送钱来托主人代办祭菜，代请礼生。总而言之，哪里是祭？不过是做热闹，装面子，摆架子！——哪里是祭！

我起初想把祭礼一概废了，全改为"奠"。我的外婆七十多岁了，她眼见一个儿子两个女儿死在她生前，心里实在悲恸，所以她听见我要把祭全废了，便叫人来说，"什么事都可依你，两三个祭是不可少的"。我仔细一想，只好依她，但是祭礼是不能不改的。我改的祭礼有两种：

（1）本族公祭仪节（族人亲自做礼生）：序立。就位。参灵，三鞠躬。三献。读祭文（祭文中列来祭的人名，故不可少）。辞灵。礼成。

（2）亲戚公祭。我不要亲戚"送祭"。我把要来祭的亲戚邀在一块，公推主祭者一人，赞礼二人，余人陪祭，一概不请外人作礼生。同时一奠，不用"三献礼"。向来可分七八天的祭，改了新礼，十五分钟就完了。仪节如下：序立。主祭者就位。陪祭者分列就位。参灵，三鞠躬。读祭文。辞灵。礼成。谢奠。

我以为我这第二种祭礼，很可以供一般人的采用。祭礼的根据在于深信死人的"灵"还能受享。我们既不信死者能受享，便应该把古代供献死者饮食的祭礼，改为生人对死者表示敬意的祭礼。死者有知无知，另是一个问题。但生人对死者表示敬意，是在情理之中的行为，正不必问死者能不能领会我们的敬意。有人说，"古礼供献酒食，也是表示敬意，也不必问死者能不能饮食。"这却有个区别。古人深信死者之灵真能享用饮食，故先有"降神"，后有"三献"，后有"侑食"，还有"望燎"，还有"举哀"，都是见神见鬼的做作，便带着古宗教的迷信，不单是表示生人的敬意了。

再论出殡。出殡的时候，"铭旌"先行，表示谁家的丧事；次是灵枢，次是主人随枢行，次是送殡者。送殡者之外，没有别样排场执事。主人不必举哀，哀至则哭，哭不必出声。主人穿麻衣，不戴帽，不执哭丧杖，不用草索束腰，但用白布腰带。为什么要穿麻衣呢？我本来想用民国服制，用乙种礼服，袖上蒙黑纱。后来因为来送殡的男人女人都穿白衣，主人不能独穿黑，只好用麻衣，束白腰带。为什么不戴帽呢？因为既不用那种俗礼的高粱孝子冠，一时寻不出相当的帽子，故不如用表示敬意的脱帽法。为什么不用杖呢？因为古人居父母的丧要自己哀毁，要做到"扶而后能起，杖而后能行"的半死样子，故不能不用杖。我们既不能做到那种半死样子，又何必拿那根杖来装门面呢？

我们是聚族而居的，人死了，该送神主入祠。俗礼先有"题主"或"点主"之法，把"神主牌"先请人写好，留着"主"字上的一点，再去请一位阔人来，求他用朱笔蘸了鸡冠血，把"主"字上一点点上。这就是"点主"。点主是丧事里一件最重要的事，因为他是一件最可装面子摆架子的事。你们回想当年袁世凯死后，他的儿子孙子们请徐世昌点主的故事，就可晓得这事的重要了。

那时家里人来问我要请谁点主。我说，用不着点主了。为什么呢？因为古礼但有"请善书者书主"（《朱子家礼》与《温公书仪》同）。这是恐怕自己不会写好字，故请一位写好字的写牌，是郑重其事的意思。后来的人，要借死人来摆架子，故请顶阔的人来题主。但是阔人未必会写字。也许请的是一位督军，连字都不认得。所以主人家先把牌子上的字写好，单留"主"字上的一点，请"大宾"的大笔一点。如此办法，就是不识字的大帅，也会题主了！我不配借我母亲来替我摆架子，不如行古礼罢。所以我请我的老友近仁把牌位连那"主"字上的一点一齐写好。出殡之后把神主送进宗祠，就完了事。

未出殡之前，有人来说，他有一穴好地，葬下去可以包我做到总长。我说，我也看过一些堪舆书，但不曾见哪部书上有"总长"二字，还是请他留上那块好地自己用罢。我自己出去，寻了一块坟地，就是在先父铁花先生的坟的附近。乡下的人以为我这个"外国翰林"看的风水，一定是极好的地，所以我的母亲葬下之后，不到十天，就有人抬了一口棺材，摆在我母亲坟下的田里。人来对我说，前面的棺材挡住了后面的"气"。我说，气是四方八面都可进来的，没有东西可挡得住，由他挡去罢。

以上记丧事完了。

再论我的丧服。我在北京接到凶电的时候，哪有仔细思想的心情？故糊糊涂涂的依着习惯做去，把缎子的皮袍脱了，换上布棉袍，布帽，帽上还换了白结子，又买了一双白鞋。时表上的练（链）子是金的，——镀金的，——故留在北京。眼镜脚也是金的，但是来不及换了，我又不能离开眼镜，只好戴了走。里面的棉袄是绸的，但是来不及改做布的，只好穿了走，好在穿在里面，人看不见！我的马褂袖上还加了一条黑纱。这都是我临走的一天，糊糊涂涂的时候，依着习惯做的事。到了路上，我自己回想，很觉惭愧。何以惭愧呢？因为我这时候用的丧服制度，乃是一种没有道理的大杂凑。白帽结、布袍、布帽、白鞋，是中国从前的旧礼。袖上蒙黑纱是民国元年定的新制，既蒙了黑纱，何必又穿白呢？我为什么不穿皮袍呢？为什么不敢穿绸缎呢？为什么不敢戴金色的东西呢？绸缎的衣服上蒙上黑纱，不仍旧是民国的丧服吗？金的不用了，难道用了银的就更"孝"了吗？

我问了几个"为什么"，自己竟不能回答。我心里自然想着孔子"食夫稻，衣夫锦，于汝安乎"的话，但是我又问：我为什么要听孔子的话？为什么我们现在"食稻"（吃饭）心已安了？为什么"衣锦"便不安呢？仔细想来，我还是脱不了旧风俗的无形的势力，——我还是怕人说话！

但是那时我在路上，赶路要紧，也没有心思去想这些"细事小节"。到家之后，更忙了，便也不曾想到服制上去。丧事里的丧服，上文已说过了。丧事完了之后，我仍旧是布袍，布帽，白帽结，白棉鞋，袖上蒙了一块黑纱。穿惯了，我更不觉得这种不中不西半新半旧的丧服有什么可怪的了。习惯的势力真可怕!

　　今年4月底，我到上海欢迎杜威先生，过了几天，便是5月7日的上海国民大会。那一天的天气非常的热，诸位大概总还有人记得。我到公共体育场去时，身上穿着布的夹袍，布的夹裤还是绒布里子的，上面套着线缎的马褂。我要听听上海一班演说家，故挤到台前，身上已是汗流遍体。我脱下马褂，听完演说，跟着大队去游街，从西门一直走到大东门，走得我一身衣服从里衣湿透到夹袍子。我回到一家同乡店家，邀了一位同乡带我去买衣服更换，因为我从北京来，不预备久住，故不曾带得单衣服。习惯的势力还在，我自然到石路上小衣店里去寻布衫子，羽纱马褂，布套裤之类。我们寻来寻去，寻不出合用的衣裤，因为我一身湿汗，急于要换衣服，但是布衣服不曾下水是不能穿的。我们走完一条石路，仍旧是空手。我忽然问我自己道："我为什么一定要买布的衣服？因为我有服在身，穿了绸衣，人家要说话。我为什么怕人家说我的闲话？"我问到这里，自己不能回答。我打定主意，去买绸衣服，买了一件原当的府绸长衫，一件实地纱马褂，一双纱套裤，再借了一身衬衣裤，方才把衣服换了。初换的时候，我心里还想在袖上蒙上一条黑纱。后来我又想：我为什么一定要蒙黑纱呢？因为我丧期没有完。我又想：我为什么一定要守这三年的服制呢？我既不是孔教徒，又向来不赞成儒家的丧制，为什么不敢实行短丧呢？我问到这里，又不能回答了，所以决定主意，实行短丧，袖上就不蒙黑纱了。

　　我从5月7日起，已不穿丧服了。前后共穿了五个月零十几天的丧服。人家问我行的是什么礼？我说是古礼。人家又问，哪一代的古礼？我说是《易传》说的太古时代"丧期无数"的古礼。我以为"丧期无数"最为有理。人情各不相同，父母的善恶各不相同，儿子的哀情和敬意也不相同。《檀弓》上说：

　　　　子夏既除丧而见，予之琴，和之不和，弹之而不成声，作
　　而曰，"哀未忘也，先王制礼而弗敢过也"。子张既除丧而见，

予之琴，和之而和，弹之而成声，作而曰，"先王制礼，不敢不至焉。"

这可见人对父母的哀情各不相同，子张、宰我嫌三年之丧太长了，子夏、闵子骞又嫌三年太短了。最好的办法是"丧期无数"，长的可以几年，短的可以三月，或三日，或竟无服。不但时期无定，还应该打破古代一定等差的丧服制度。我以为服制不必限于自己的亲属：亲属值得纪念的，不妨为他纪念成服；朋友可以纪念的，也不妨为他穿服；不值得纪念的，无论在几服之内，尽可不必为他穿服。

我的母亲是我生平最敬爱的一个人，我对她的纪念，自然不止五六个月，何以我一定要实行短丧的制度呢？我的理由不止一端：

第一，我觉得三年的丧服在今日没有保存的理由。顾亭林说，"三代圣王教化之事，其仅存于今日者，惟服制而已"（《日知录》卷十五）。这话说得真正可怜！现在居丧的人，可以饮酒食肉，可以干政筹边，可以嫖赌纳妾，可以作种种"不孝"的事，却偏要苦苦保存这三年穿素的"服制"！不能实行三年之"丧"，却偏要保存三年的"丧服"！这真是孟子说的"放饭流歠而问无齿决，是之谓不知务"了！

第二，真正的纪念父母，方法很多，何必单单保存这三年服制？现行的服制，乃是古丧礼的皮毛，乃是今人装门面自欺欺人的形式。我因为不愿意用这种自欺欺人的服制来做纪念我母亲的方法，所以我决意实行短丧。我因为不承认"穿孝"就算"孝"，不承认"孝"是拿来穿在身上的，所以我决意实行短丧。

第三，现在的人居父母之丧，自称为"守制"，写自己的名字要加上一个小"制"字，请问这种制是谁人定的制？是古人遗传下来的制呢？还是现在国家法律规定的制呢？民国法律并不曾规定丧期。若说是古代遗制，则从斩衰三年到小功，缌，都是"制"，何以三年之丧单称为"制"呢？况且古代的遗制到了今日，应该经过一番评判的研究，看那种遗制是否可以存在，不应该因为他是古制就糊糊涂涂的服从他。我因为尊重良心的自由，不愿意盲从无意识的古制，故决意实行短丧。

第四，现行的服制实际上有许多行不通的地方。若说素色是丧服，现在的风尚喜欢素色衣裳，素色久已不成为丧服的记号了。若说布衣是丧服，绸缎不是丧服，那么，除了丝织的材料之外，许多外国的有光的织料是否算是布衣？有光的洋货织料可以穿得，何以本国的丝织物独不可穿？蚕丝织的绸缎既不能穿，何以羊毛织的呢货又可以穿得？还有羊皮既可以穿得，何以狐皮便穿不得？银器既可以戴得，金器和镀金器何以又戴不得？——诸如此类，可以证明现在的服制全凭社会的习惯随意乱定，没有理由可说，没有标准可寻；颠倒杂乱，一无是处。经济上的困难且丢开不说，就说这心理上的麻烦不安，也很够受了。我也曾想采用一种近人情，有道理，有一贯标准的丧服，竟寻不出来，空弄得精神上受无数困难惭愧。因此，我素性主张把服丧的期限缩短，在这短丧期内，无论穿何种织料的衣服，——无论布的，绸缎的，呢的，绒的，纱的，——只要蒙上黑纱，依民国的新礼制，便算是丧服了。

以上记我头行短丧的原委和理由。

我把我自己经过的丧礼改革，详细记了下来，并不是说我所改的都是不错的，也并不敢劝国内的人都依着我这样做。我的意思，不过是想表示我个人从一次生平最痛苦的经验里面得来的一些见解，一些感想；不过想指点出现在丧礼的种种应改革的地方和将来改革的大概趋势。我现在且把我对于丧礼的一点普通见解总括写出来，做一个结论。

结论

人类社会的进化，大概分两条路子：一边是由简单的变为复杂的，如文字的增添之类；一边是由繁复的变为简易的，如礼仪的变简之类。近来的人，听得一个"由简而繁，由浑而画"的公式，以为进化的秘诀全在于此了。却不知由简而繁固然是进化的一种，由繁而简也是进化的一条大路。即如文字固是逐渐增多，但文法却逐渐变简。拿英文和希腊、拉丁文比较，便是文法变简的进化。汉文也有逐渐变简的痕迹。古代的代名词，"吾""我"有别，"尔""汝"有别，"彼""之"有别。现代变为"我""你""他""我们""你们""他们"，使主次宾次变为一律，使多数单数的变化也归一律。这不是一大进化吗？古代的字如马两岁叫做"驹"，三岁叫做"駣"，八岁叫做"駜"；又马高六尺为"骄"，七尺为"騋"。这都是很不规则的变化，现在都变简易了。

我举这几个例，来证明由繁而简也是进化。再举礼仪的变迁，更可以证明这个道理。我们试请一位孔教会的信徒，叫他把一部《仪礼》来实行，他做得到吗？何以做不到呢？因为古人生活简单，那些一半祭司一半贵族的士大夫，很可以玩那"一献之礼宾主百拜"的把戏儿。后来生活复杂了，谁也没有工夫来干这揖让周旋的无谓繁文。因此，自古以来，礼仪一天简单一天，虽有极顽固的复古家，势不能恢复那"礼仪三百，威仪三千"的盛世规模。故社会生活变复杂了，是一进化。同时礼仪变简单了，也是一进化。由我们现在的生活，要想回到茹毛饮血，穴居野处的生活，固是不可能；但是由我们现在简单礼节，要想回到那揖让周旋宾主百拜的礼节，也是不可能。

懂得这个道理，方才可以谈礼俗改良，方才可以谈丧礼改良。

简单说来，我对于丧礼问题的意见是：

（1）现在的丧礼比古礼简单多了，这是自然的趋势，不能说是退化。将来社会的生活更复杂，丧礼应该变得更简单。

（2）现在丧礼的坏处，并不在不行古礼，乃在不曾把古代遗留下来的许多虚伪仪式删除干净。例如不行"寝苦枕块"的礼，并不是坏处；但自称"苦块昏迷"，便是虚伪的坏处。又如古礼，儿子居丧，用种种自己刻苦的仪式，"水浆不入于口者三日，杖而后能起"，所以必须用杖。现在的人不行这种野蛮的风俗，本是一大进步，并不是一种坏处；但做"孝子"的仍旧拿着哭丧棒，这便是作伪了。

（3）现在的丧礼还有一种大坏处，就是一方面虽然废去古代的繁重礼节，一方面又添上了许多迷信的，虚伪的，野蛮风俗。例如地狱天堂，轮回果报，等等迷信，在丧礼上便发生了和尚念经超度亡人，棺材头点"随身灯"，做法事"破地狱""破血盆湖"，……等等迷信的风俗。

（4）现在我们讲改良丧礼，当从两方面下手。一方面应该把古丧礼遗下的种种虚伪仪式删除干净，一方面应该把后世加入的种种野蛮迷信的仪式删除干净。这两方面破坏工夫做到了，方才可以有一种近于人情，适合于现代生活状况的丧礼。

（5）我们若要实行这两层破坏的工夫，应该用什么做去取的标准呢？我仔细想来，没有绝对的标准，只有一个活动的标准，就是"为什么"三个字。我们每做一件事，每行一种礼，总得问自己：我为什么要做这件事？为什么要行那种礼？（例如我上面所举"点主"一件事）能够每事要寻一个"为什么"，自然不肯行那些说不出为什么要行的种种陋俗了。凡事不问为什么要这样做，便是无意识的习惯行为。那是下等动物的行为，是可耻的行为！

慈幼的问题

我的一个朋友对我说过一句很深刻的话："你要看一个国家的文明，只消考察三件事：第一，看他们怎样待小孩子；第二，看他们怎样待女人；第三，看他们怎样利用闲暇的时间。"

这三点都很扼要，只可惜我们中国禁不起这三层考察。这三点之中，无论哪一点都可以宣告我们这个国家是最野蛮的国家。我们怎样待孩子？我们怎样待女人？我们怎样用我们的闲暇工夫？——凡有夸大狂的人，凡是夸大我们的精神文明的人，都不可不想想这三件事。

其余两点，现今且不谈，我们来看看我们怎样待小孩子。

从生产说起。我们到今天还把生小孩看作最污秽的事，把产妇的血污看作最不净的秽物。血污一冲，神仙也会跌下云头！这大概是野蛮时代遗传下来的迷信。但这种迷信至今还使绝大多数的人民避忌产小孩的事，所以"接生"的事至今还在绝无知识的产婆的手里，手术不精，工具不备，消毒的方法全不讲究，救急的医药全不知道。顺利的生产有时还不免危险，稍有危难的证候便是有百死而无一生。

生下来了，小孩子的卫生又从来不讲究。小孩总是跟着母亲睡，哭时便用奶头塞住嘴，再哭时便摇他，再哭时便打他。饮食从没有分量，疾病从不知隔离。有病时只会拜神许愿，求仙方，叫魂，压邪。中国小孩的长大全是靠天，只是徼幸长大，全不是人事之功。

小孩出痘出花，都没有科学的防卫。供一个"麻姑娘娘"，供一个"花姑娘娘"，避避风，忌忌口；小孩子若安全过去了，烧香谢神；小孩若遇了危险，这便是"命中注定"！

普通人家的男孩子固然没有受良好教育的机会，女孩子便更痛苦了。女孩子到了四五岁，母亲便把她的脚裹扎起来，小孩疼的号哭叫喊，母亲也是眼泪直滴。但这是为女儿的终身打算，不可避免的，所以母亲噙着眼泪，忍着心肠，紧紧地扎缚，密密地缝起，总要使骨头扎断，血肉干枯，变成三四寸的小脚，然后父母才算尽了责任，女儿才算有了做女人的资格！

孩子到了六七岁以上，女孩子固然不用进学堂去受教育，男孩子受的教育也只是十分野蛮的教育。女孩在家里裹小脚，男孩在学堂念死书。怎么"念死书"呢？他们的文字都是死人的文字，字字句句都要翻译才能懂，有时候翻译出来还不能懂。例如《三字经》上的"苟不教"，我们小孩子念起来只当是"狗不叫"，先生却说是"倘使不教训"。又如《千字义》上的"天地玄黄，宇宙洪荒"，我从五岁时读起，现在做了十年大学教授，还不懂得这八个字究竟说的是什么话！所以叫做"念死书"。

因为念的是死书，所以要下死劲去念。我们做小孩子时候，天刚亮，便进学堂去"上早学"，空着肚子，鼓起喉咙，念三四个钟头才回去吃早饭。从天亮直到天黑，才得回家。晚上还要"念夜书"。这种生活实在太苦了，所以许多小孩子都要逃学。逃学的学生，捉回来之后，要受很严厉的责罚，轻的打手心，重的打屁股。有许多小孩子身体不好的，往往有被学堂磨折死的，也有得神经病终身的。

这是我们怎样待小孩子！

我们深深感谢帝国主义者，把我们从这种黑暗的迷梦里惊醒起来。我们焚香顶礼感谢基督教的传教士带来了一点点西方新文明和新人道主义，叫我们知道我们这样待小孩子是残忍的，惨酷的，不人道的，野蛮的。我们十分感谢这班所谓"文化侵略者"提倡"天足会""不缠足会",开设新学堂,开设医院,开设妇婴医院。

我们用现在的眼光来看他们的工作,他们的学堂不算好学堂,他们的医院也不算好医院。但是他们是中国新教育的先锋,他们是中国"慈幼运动"的开拓者,他们当年的缺陷,是我们应该原谅宽恕的。

几十年来,中国小孩子比较的减少了一点痛苦,增加了一点乐趣。但"慈幼"的运动还只在刚开始的时期,前途的工作正多,前途的希望也正大。我们在这个时候,一方面固然要宣传慈幼运动的重要,一方面也应该细细计划慈幼事业的问题和他们的下手方法。中华慈幼协济会的主持人已请了许多专家分任各种问题的专门研究,我今天也想指出慈幼事业的几个根本问题,供留心这事的人的参考。

我以为慈幼事业在今日有这些问题:

(1)产科医院和"巡行产科护士"(Visiting nurses)的提倡。产科医院的设立应该作为每县每市的建设事业的最紧急部分,这是毫无可疑的。但欧美的经验使我们知道下等社会的妇女对于医院往往不肯信任,她们总不肯相信医院是为她们贫人设的,她们对于产科医院尤其怀疑畏缩。所以有"巡行护士"的法子,每一区区域内有若干护士到人家去访问视察,得到孕妇的好感,解释她们的怀疑,帮助她们解除困难,指点她们讲究卫生。这是慈幼事业的根本要着。

(2)儿童卫生固然重要,但儿童卫生只是公共卫生的一个部分。提倡公共卫生即是增进儿童卫生。公共卫生不完备,在蚊子苍蝇成群的空气里,在臭水沟和垃圾堆的环境里,在浓痰满地病菌飞扬的空气里,而空谈慈幼运动,岂不是一个大笑话?

(3)女子缠足的风气在内地还不曾完全消灭,这也是慈幼运动应该努力的一个方向。

(4)慈幼运动的中心问题是养成有现代知识训练的母亲。母亲不能慈幼,或不知怎样慈幼,则一切慈幼运动都无是处。现在的女子教育似乎很忽略这一方面，故受过中等教育的女子往往不知道怎样养育孩子。上月西湖博览会的卫生馆有一间房子墙上陈列许多产科卫生的图画，和传染病的图画。我看见一些女学生进来参观，他们见了这种图画往往掩面飞跑而过。这是很可惜的。女子教育的目的固然是要养成能独立的"人"，同时也不能不养成做妻做母的知识。从前昏谬的圣贤说，"未有学养子而后嫁者也"。现在我们正要个个女子先学养子，学教子，学怎样保卫儿童的卫生，然后谈恋爱，择伴侣。故慈幼运动应该注重（甲）女学的扩充，（乙）女子教育的改善。

（5）儿童的教育应该根据于儿童生理和心理。这是慈幼运动的一个基本原则。向来的学堂完全违背儿童心理，只教儿童念死书，下死劲。近年的小学全用国语教课，减少课堂工作，增加游戏运动，固然是一大进步。但我知道各地至今还有许多小学校不肯用国语课本，或用国语课本而另加古文课本；甚至于强迫儿童在小学二三年级作文言文：这是明明违背民国十一年以来的新学制，并且根本不合儿童生理和心理。慈幼的意义是改善儿童的待遇，提高儿童的幸福。这种不合儿童生理和心理的学校，便是慈幼运动的大仇敌，因为他们的行为便是虐待儿童，增加学校生活的苦痛。他们所以敢于如此，只因为社会上许多报纸和政府的一切法令公文都还是用死文字做的，一般父兄恐怕儿女不懂古文，将来谋生困难，故一些学校便迎合这种父兄心理，加添文言课本，强迫作文言。故慈幼运动者在这个时候一面应该调查各地小学课程，禁止小学校用文言课本或用文言作文；一面还应该为减少儿童痛苦起见，努力提倡国语运动，请中央及各地方政府把一切法令公文改成国语，使顽固的父兄教员无所借口。这是慈幼运动在今日最应该做而又最容易做的事业。

漫游的感想

一、东西文化的界线

我离了北京，不上几天，到了哈尔滨。在此地我得了一个绝大的发现：我发现了东西文明的交界点。

哈尔滨本是俄国在远东侵略的一个重要中心。当初俄国人经营哈尔滨的时候，早就预备要把此地辟作一个二百万居民的大城，所以一切文明设备，应有尽有；几十年来，哈尔滨就成了北中国的上海。这是哈尔滨的租界，本地人叫做"道里"，现在租界收回，改为特别区。

租界的影响，在几十年中，使附近的一个村庄逐渐发展，也变成了一个繁盛的大城。这是"道外"。

"道里"现在收归中国管理了，但俄国人的势力还是很大的，向来租界时代的许多旧习惯至今还保存着。其中的一种遗风就是不准用人力车（东洋车）。"道外"的街道上都是人力车。一到了"道里"，只见电车与汽车，不见一部人力车。道外的东洋车可以拉到道里，但不准再拉客，只可拉空车回去。

我到了哈尔滨，看了道里与道外的区别，忍不住叹口气，自己想道：这不是东方文明与西方文明的交界点吗？东西洋文明的界线只是人力车文明与摩托车文明的界线——这是我的一大发现。

人力车又叫做东洋车，这真是确切不移。请看世界之上，人力车所至之地，北起哈尔滨，西至四川，南至南洋，东至日本，这不是东方文明的区域吗？

人力车代表的文明就是那用人作牛马的文明，摩托车代表的文明就是用人的心思才智制作出机械来代替人力的文明。把人作牛马看待，无论如何，够不上叫做精神文明。用人的智慧造作出机械来，减少人类的苦痛，便利人类的交通，增加人类的幸福，——这种文明却含有不少的理想主义，含有不少的精神文明的可能性。

我们坐在人力车上，眼看那些圆颅方趾的同胞努起筋肉，湾着背脊梁，流着血汗，替我们做牛做马，拖我们行远登高，为的是要挣几十个铜子去活命养家，——我们当此时候，不能不感谢那发明蒸汽机的大圣人，不能不感谢那发明电力的大圣人，不能不祝福那制作汽船汽车的大圣人：感谢他们的心思才智节省了人类多少精力，减除了人类多少苦痛！你们嫌我用"圣人"一个字吗？孔夫子不说过吗？"制而用之谓之器。利用出入，民咸用之，谓之神。"孔老先生还嫌"圣"字不够，他简直要尊他们为"神"呢！

二、摩托车的文明

去年8月17日的伦敦《晚报》（*Evening Standard*）有下列的统计：

全世界的摩托车共24 590 000辆。

全世界人口平均每七十一人有一辆摩托车。

美国每六人有车一辆。

加拿大与纽西兰每十二人有车一辆。

澳洲每二十人有车一辆。

今年1月16日纽约的《国民周报》（*The Nation*）有下列的统计：

全世界摩托车27 500 000辆。

美国摩托车22 330 000辆。

美国摩托车数占全世界百分之八十一。

美国人口平均每五人有车一辆。

去年（1926）美国造的摩托车凡四百五十万辆，出口五十万辆。美国的路上，无论是大城里或乡间，都是不断的汽车。《纽约时报》上曾说一个故事：有一个北方人驾着摩托车走过Miami（迈阿密）的一条大道，他开的速度是每点钟三十五英里。后面一个驾着两轮摩托车的警察赶上来问他为什么挡住大路。他说，"我开的已是三十五里了。"警察喝道："开六十里！"

今年3月里我到费城（Philadelphia）演讲，一个朋友请我到乡间Haverford（哈弗福德）去住一天。我和他同车往乡间去，到了一处，只见那边停着一二百辆摩托车。我说："这里开汽车赛会吗？"他用手指道："那边不在造房子吗？这些都是木匠泥水匠坐来做工的汽车。"

这真是一个摩托车的国家！木匠泥水匠坐了汽车去做工，大学教员自己开着汽车去上课，乡间儿童上学都有公共汽车接送，农家出的鸡蛋牛乳每天都自己用汽车送上火车或直送进城。十字街头，向来总有一两家酒店的；近年酒禁实行了，十字街头往往建着汽油的小站。车多了，停车的空场遂成为都市建筑的一个大问题。此外还发生了许多连带的问题，很能使都市因此改观。例如我到丹佛城（Denver），看见墙上都没有街道的名字，我很诧异。后来才看见街名都用白漆写在马路两边的"行道"（Pavement or Side Walk）的底下，为的是要使夜间汽车灯光容易照着。这一件事便可以看出摩托车在都市经营上的影响了。

摩托车的文明的好处真是一言难尽。汽车公司近年通行"分月付款"的法子，使普通人家都可以购买汽车。据最近统计，去年一年之中美国人买的汽车有三分之二是分月付钱的。这种人家向来是不肯出远门的。如今有了汽车，旅行便利了，所以每日工作完毕之后，回家带了家中妻儿，自己开着汽车，到郊外去游玩；每星期日，可以全家到远地旅行游览。例如旧金山的"金门公园"，远在海滨，可以纵观太平洋上的水光岛色，每到星期日，四方男女来游的真是人山人海！这都是摩托车的恩赐。这种远游的便利可以增进健康，开拓眼界，增加智识，——这都是我们在轿子文明与人力车文明底下想像不到的幸福。

最大的功效还在人的官能的训练。人的四肢五官都是要训练的，不练就不灵巧了，久不练就迟钝麻木了。中国乡间的老百姓，看见汽车来了，往往手足失措，不知道怎样回避；你尽着呜呜地压着号筒，他们只听不见；连街上的狗与鸡也只是懒洋洋地踱来摆去，不知避开。但是你若把这班老百姓请到上海来，请他们从先施公司走到永安公司去，他们便不能不用耳目手足了。走过大马路的人，真如《封神传》上黄天化说的"须要眼观四处，耳听八方"。你若眼不明，耳不聪，手足不灵动，必难免危险。这便是摩托车文明的训练。

美国的汽车大概都是各人自己驾驶的。往往一家中，父母子女都会开车。人工贵了，只有顶富的人家可以雇人开车。这种开车的训练真是"胜读十年书"！你开着汽车，两手各有职务，两脚也各有职务，眼要观四处，耳要听八方，还要手足眼耳一时并用，同力合作。你不但要会开车，还要会修车；随你是什么大学教授，诗人诗哲，到了半路车坏的时候，也不能不卷起袖管，替机器医病。什么书呆子，书蹱头，傻瓜，若受了这种训练，都不会四体不勤，五官不灵了。你们不常听见人说大学教授"心不在焉"的笑话吗？我这回新到美国，有些大学教授如孟禄博士等请我坐他们自己开的车，我总觉得有点栗栗危惧，怕他们开到半路上忽然想起什么哲学问题或天文学问题来，那才危险呢！但是我经过几回之后，才觉得这些大学教授已受了摩托车文明的洗礼，把从前的"心不在焉"的呆气都赶跑了，坐在轮子前便一心在轮子上，手足也灵活了，耳目也聪明了！猗欤休哉！摩托车的教育！

三、一个劳工代表

有些自命"先知"的人常常说："美国的物质发展终有到头的一天；到了物质文明破产的时候，社会革命便起来了。"

我可以武断地说：美国是不会有社会革命的，因为美国天天在社会革命之中。这种革命是渐进的，天天有进步，故天天是革命。如所得税的实行，不过是十四年来的事，然而现在所得税已成了国家税收的一大宗，巨富的家私有纳税百分之五十以上的。这种"社会化"的现象随地都可以看见。从前马克思派的经济学者说资本愈集中则财产所有权也愈集中，必做到资本全归极少数人之手的地步。但美国近年的变化却是资本集中而所有权分散在民众。一个公司可以有一万万的资本，而股票可由雇员与工人购买，故一万万的资本就不妨有一万人的股东。近年移民进口的限制加严，贱工绝迹，故国内工资天天增涨；工人收入既丰，多有积蓄，往往购买股票，逐渐成为小资本家。不但白人如此，黑人的生活也逐渐抬高。纽约城的哈伦区，向为白人居住的，十年之中土地房屋全被发财的黑人买去了，遂成了一片五十万人的黑人区域。人人都可以做有产阶级，故阶级战争的煽动不发生效力。

我且说一件故事。

我在纽约时，有一次被邀去参加一个"两周讨论会"（Fortnightly Forum）。这一次讨论的题目是"我们这个时代应该叫什么时代？"。十八世纪是"理智时代"，十九世纪是"民治时代"，这个时期应该叫什么？究竟是好是坏？

依这个讨论会规矩，这一次请了六位客人作辩论员：一个是俄国克伦斯基革命政府的交通总长；一个是印度人；一个是我；一个是有名的"效率工程师"（Efficiency Engineer），是一位老女士；一个是纽约有名的牧师Holmes；一个是工会代表。

有些人的话是可以预料的。那位印度人一定痛骂这个物质文明的时代；那位俄国交通总长一定痛骂鲍尔雪维克（今译布尔什维克）；那位牧师一定是很悲观的；我一定是很乐观的；那位女效率专家一定鼓吹她的效率主义。一言表过不提。

单说那位劳工代表Frahne（？）先生。他站起来演说了。他穿着晚餐礼服，挺着雪白的硬衬衫，头发苍白了。他站起来，一手向里面衣袋里抽出一卷打字的演说稿，一手向外面袋里摸出眼镜盒，取出眼镜戴上。他高声演说了。

他一开口便使我诧异。他说：我们这个时代可以说是人类有历史以来最好的最伟大的时代，最可惊叹的时代。

这是他的主文。以下他一条一条地举例来证明这个主旨。他先说科学的进步，尤其注重医学的发明；次说工业的进步；次说美术的新贡献，特别注重近年的新音乐与新建筑。最后他叙述社会的进步，列举资本制裁的成绩，劳工待遇的改善，教育的普及，幸福的增加。他在十二分钟之内描写世界人类各方面的大进步，证明这个时代是人类有史以来最好的时代。

我听了他的演说，忍不住对自己说道：这才是真正的社会革命。社会革命的目的就是要做到向来被压迫的社会分子能站在大庭广众之中歌颂他的时代为人类有史以来最好的时代。

四、往西去！

我在莫斯科住了三天，见着一些中国共产党的朋友，他们很劝我在俄国多考察一些时。我因为要赶到英国去开会，所以不能久留。那时冯玉祥将军在莫斯科郊外避暑，我听说他很崇拜苏俄，常常绘画列宁的肖像。我对他的秘书刘伯坚诸君说：我很盼望冯先生从俄国向西去看看。即使不能看美国，至少也应该看看德国。

我的老朋友李大钊先生在他被捕之前一两月曾对北京朋友说："我们应该写信给适之，劝他仍旧从俄国回来，不要让他往西去打美国回来。"但他说这话时，我早已到了美国了。

我希望冯玉祥先生带了他的朋友往西去看看德国、美国；李大钊先生却希望我不要往西去。要明白此中的意义，且听我再说一件有趣味的故事。

我在日本时，同了马伯援先生去访问日本最有名的经济学家福田德三博士。我说："福田先生，听说先生新近到欧洲游历回来之后，先生的思想主张颇有改变，这话可靠吗？"

他说，"没有什么大的改变。"

我问，"改变的大致是什么？"

他说，"从前我主张社会政策；这次从欧洲回来之后，我不主张这种妥协的缓和的社会政策了。我现在以为这其间只有两条路：不是纯粹的马克思派社会主义，就是纯粹的资本主义。没有第三条路。"

我说："可惜先生到了欧洲不曾走的远点，索性到美国去看看，也许可以看见第三条路，也未可知。"

福田博士摇头说："美国我不敢去，我怕到了美国会把我的学说完全推翻了。"

我说："先生这话使我颇失望。学者似乎应该尊重事实。若事实可以推翻学说，那么，我们似乎应该抛弃那学说，另寻更满意的假设。"

福田博士摇头说："我不敢到美国去，我今年五十五了，等到我六十岁时，我的思想定了，不会改变了，那时候我要往美国看看去。"

这一次的谈话给了我一个绝大的刺激。世间的大问题决不是一两个抽象名词（如"资本主义""共产主义"等等）所能完全包括的。最要紧的是事实。现今许多朋友却只高谈主义，不肯看看事实。

朋友们，不要笑那位日本学者。他还知道美国有些事实足以动摇他的学说，所以他不敢去。我们之中却有许多人决不承认世上会有事实足以动摇我们的迷信的。

五、东方人的"精神生活"

我到纽约后的第十天——1月21日——《纽约时报》上登出一条很有趣味的新闻：

昨天下午一点钟，纽吉赛邦的恩格儿坞（Englewood, N. J.）的山郎先生住宅面前，围了许多男男女女，小孩子，小狗，等着要看一位埃及道人（Fakir）名叫哈密（Hamid Bey）的被活埋的奇事。

哈密道人站在那掘好的坟坑的旁边；微微的雨点洒在他的飘飘的长袍上。他身边站着两个同道的助手。

人越来越多了。到了一点一分的时候，哈密道人忽然倒在地下，不省人事了。两个请来的医生同了三个报馆访员动手把他的耳朵，鼻子，嘴，都用棉花塞好。随后便有人来把哈密道人抬下坟坑，放在坑里的内穴里。他脸上撒了一薄层的沙。内穴上面用木板盖好。

内穴上面还有三尺深的空坑，他们也用泥土填满了。填满了后，活埋的工作算完了。

到场的许多人都走进山郎先生的家里去吃茶点。山郎夫人未嫁之前就是那位绰号"千眼姑娘"的李麻小姐。她在那边招待来宾，大家谈着"人生无涯"一类的问题，静候那活埋道人的复活。

一点钟过去了。……一点半过去了。……两点钟过去了。……

到了下午四点，三个爱尔兰的工人动手把坟掘开。三个黑种工人站在旁边陪着，——也许是给那三个白种同伴镇压邪鬼罢。

四点钟敲过不久，哈密道人扶起来了。扶到了空气里，他便颤动了，渐渐活过来了。他低低地喊了一声"胡迪尼"，微微一笑，他回生了。

他未埋之先，医生验过他的脉跳是七十二，呼吸是十八。复活之后，脉跳与呼吸仍是七十二与十八。他在坑里足足埋了两点五十二分。

这回的安排布置全是勒乌公司（Loew's）的杜纳先生办理的。杜纳先生说，本想同这位埃及道人订一个"杂耍戏"的契约，不过还得考虑一会，因为看戏的人等不得三个钟头就都会跑光了。

哈密道人却很得意，他说他还可以活埋三天咧。

美国是个有钱的地方，世界各国的奇奇怪怪的宗教掮客都赶到这里来招揽信徒，炫卖花样。前一年，有个埃及道人名叫拉曼（Rahman）的，自称能收敛心神，停止呼吸。他当大众试验，闭在铁棺内，沉在赫贞河里，过一点钟之久。当时美国有大幻术家胡迪尼（Harry Houdini）研究此事，说这不是停止呼吸，乃是一种"浅呼吸"，是可以操练出来的。胡迪尼自己练习，到了去年夏间，他也公开试验：睡在铁棺里，叫人沉在纽约谢尔敦（今译希尔顿）大旅馆的水池里，过了一点半钟，方才捞起来。开棺之后，依然复生，不过脉跳增加至一百四十二跳而已。胡迪尼的成绩比拉曼加长半点钟，颇能使人明白这种把戏不过是一种技术上的训练，并没有什么精神作用。

胡迪尼死后，这班东方道人还不服气，所以有今年1月20日哈密道人的公开试验。哈密的成绩又比胡迪尼加长了八十二分钟，应该够得上和勒乌公司订六个月的"杂耍戏"的契约了，然而杜纳先生又嫌活埋三点钟太干燥无味了，怕不能号召看戏的群众！可惜，可惜！大概哈密先生和他的道友们后来仍旧回到东方去继续他们的"内心生活"了罢。

胡迪尼的试验的精神是很可佩服的。其实即使这班东方道人真能活埋三点钟以至三天，完全停止呼吸，这又算得什么精神生活？这里面哪有什么"精神的分子"？泥里的蚯蚓，以至一切冬天蛰伏的爬虫，不是都能这样吗？

六、麻将

前几年，麻将牌忽然行到海外，成为出口货的一宗。欧洲与美洲的社会里，很有许多人学打麻将的；后来日本也传染到了。有一个时期，麻将竟成了西洋社会里最时髦的一种游戏：俱乐部里差不多桌桌都是麻将，书店里出了许多种研究麻将的小册子，中国留学生没有钱的可以靠教麻将吃饭挣钱。欧美人竟发了麻将狂热了。

谁也梦想不到东方文明征服西洋的先锋队却是那一百三十六个麻将军！

这回我从西伯利亚到欧洲，从欧洲到美洲，从美洲到日本，十个月之中，只有一次在日本京都的一个俱乐部里看见有人打麻将牌。在欧美简直看不见麻将了。我曾问过欧洲和美国的朋友，他们说，"妇女俱乐部里，偶然还可以看见　桌两桌打麻将的，但那是很少的事了"。我在美国人家里，也常看见麻将牌盒子——雕刻装璜很精致的——陈列在室内，有时一家竟有两三副的。但从不见主人主妇谈起麻将，他们从不向我这位麻将国的代表请教此中的玄妙！麻将在西洋已成了架上的古玩了；麻将的狂热已退凉了。

我问一个美国朋友，为什么麻将的狂热过去的这样快？他说："女太太们喜欢麻将，男子们却很反对，终于是男子们战胜了。"

这是我们意想得到的。西洋的勤劳奋斗的民族决不会做麻将的信徒，决不会受麻将的征服。麻将只是我们这种好闲爱荡，不爱惜光阴的"精神文明"的中华民族的专利品。

当明朝晚年，民间盛行一种纸牌，名为"马吊"。马吊只有四十张牌，有一文至九文，一千至九千，一万至九万等，等于麻将牌的筒子，索子，万子。还有一张"零"，即是"白板"的祖宗。还有一张"千万"，即是徽州纸牌的"千万"。马吊牌上每张上画有《水浒传》的人物。徽州纸牌上的"王英"即是矮脚虎王英的遗迹。乾隆嘉庆间人汪师韩的全集里收有几种明人的马吊牌（在《丛睦汪氏丛书》内）。

马吊在当日风行一时，士大夫整日整夜的打马吊，把正事都荒废了。所以明亡之后，吴梅村作《绥寇纪略》说，明之亡是亡于马吊。

三百年来，四十张的马吊逐渐演变，变成每样五张的纸牌，近七八十年中又变为每样四张的麻将牌（马吊三人对一人，故名"马吊牌"，省称"马吊"；"麻将"为"麻雀"的音变，"麻雀"为"马脚"的音变）。越变越繁复巧妙了，所以更能迷惑人心，使国中的男男女女，无论富贵贫贱，不分日夜寒暑，把精力和光阴葬送在这一百三十六张牌上。

英国的"国戏"是Cricket（板球），美国的国戏是Baseball（棒球），日本的国戏是角抵。中国呢？中国的国戏是麻将。

麻将平均每四圈费时约两点钟。少说一点，全国每日只有一百万桌麻将，每桌只打八圈，就得费四百万点钟，就是损失十六万七千日的光阴，金钱的输赢，精力的消磨，都还在外。

我们走遍世界，可曾看见哪一个长进的民族，光明的国家，肯这样荒时废业的吗？一个留学日本的朋友对我说："日本人的勤苦真不可及！到了晚上，登高一望，家家板屋里都是灯光；灯光之下，不是少年人跳着读书，便是老年人跪着翻书，或是老妇人跪着做活计。到了天明，满街上，满电车上都是上学去的儿童。单只这一点勤苦就可以征服我们了。"

其实何止日本？凡是长进的民族都是这样的。只有咱们这种不长进的民族以"闲"为幸福，以"消闲"为急务，男人以打麻将为消闲，女人以打麻将为家常，老太婆以打麻将为下半生的大事业！

从前的革新家说中国有三害：鸦片、八股、小脚。鸦片虽然没禁绝，总算是犯法的了。虽然还有做"洋八股"与更时髦的"党八股"的，但八股的四书文是过去的了。小脚也差不多没有了。只有这第四害，麻将，还是日兴月盛，没有一点衰歇的样子，没有人说它是可以亡国的大害。新近麻将先生居然大摇大摆地跑到西洋去招摇一次，几乎做了鸦片与杨梅疮的还敬礼物。但如今它仍旧缩回来了，仍旧回来做东方精神文明的国家的国粹，国戏！

后记

"漫游的感想"本不止这六条，我预备写四五十条，作成一本游记。但我当时正在赶写《白话文学史》，忙不过来，便把游记搁下来了。现在我把这六条保存在这里，因为游记专书大概是写不成的了。

请大家来照照镜子

美国使馆的商务参赞安诺德先生制成这三张图表：第一表是中国人口的分配表，表示中国的人口问题不在过多，而在于分配的太不均匀，在于边省的太不发达。第二表是中国和美国的经济状况，生产能力，工业状态的比较，处处叫我们照照镜子，照出我们自己的百不如人。第三表是美国在世界上占的地位，也是给我们做一面镜子用的，叫我们生一点羡慕，起一点惭愧。

去年他把这几张图表送给我看，我便力劝他在中国出版。他答应了之后，又预备了一篇长序，题目就叫做"中国问题里的几个根本问题"。他指出中国今日有三个大问题：

第一，怎样赶成全国铁路的干线，使全国的各部分有一个最经济的交通机关。

第二，怎样用教育及种种节省人力，帮助人力的机器，来增加个人生产的能力。

第三，怎样养成个人对于保管事业的责任心。

这是中国今日的三个根本问题。

安诺德先生的第二表里有这些事实：

	面积（平方英里）	铁道线（英里）	摩托车（辆）
中国	4 278 000	7 000	22 000
美国	3 743 500	250 000	22 000 000

我们的面积比美国大，但铁道线只抵得人家三十六分之一，摩托车只抵得人家一千分之一，汽车路只抵得人家一百分之一。

我们试睁开眼睛看看中国的地图。长江以南，没有一条完成的铁路干线。京汉铁路以西，三分之二以上的疆域，没有一条铁路干线。这样的国家不成一个现代国家。

前年北京开全国商会联合会，一位甘肃代表来赴会，路上走了一百零四天才到北京。这样的国家不成一个国家。

云南人要领法国护照，经过安南，方才能到上海。云南汇一百元到北京，要三百元的汇水！这样的国家决不成一个国家。

去年胡若愚同龙云在云南打仗，打的个你死我活，南京的中央政府有什么法子？现在杨森同刘湘在四川又打的个你死我活，南京的中央政府又有什么法子？这样的国家能做到统一吗？　　　　　．

所以现在的第一件事是造铁路。完成粤汉铁路，完成陇海铁路，赶筑川汉、川滇、宁湘等等干路，拼命实现孙中山先生十万里铁路的梦想，然后可以有统一的可能，然后可以说我们是个国家。

所以第一个大问题是怎样赶成一副最经济的交通系统。

安诺德先生的第二表里又有这点事实：

　　美国人每人有二十五个机械奴隶。

　　中国人每人只有大半个机械奴隶。

去年3月份的《大西洋月报》里，有个美国工程专家说：

　　美国人每人有三十个机械奴隶。

　　中国人每人只有一个机械奴隶。

安诺德先生说：美国人有了这些有形与无形的机械奴隶，便可以增进个人的生产能力；故从实业及经济的观点上说，美国一百十兆的人民，便可以有二十五倍至三十倍人口的经济效能了。

人家早已在海上飞了，我们还在地上爬！人家从巴黎飞到北京，只须六十三点钟；我们从甘肃到北京，要走一百零四天（二千五百点钟）！

一个英国工人每年出十二个先令（六元），他的全家便可以每晚坐在家里听无线电传来的世界最美的音乐，歌唱，演说，每晚上只费银元一分七厘而已。而我们在上海遇着紧急事，要打一个四等电报到北京，每十个字须费银元一元八角！还保不住何时能送到！

人家的砖匠上工，可以坐自己的摩托车去了；他的子女上学，可以有公家汽车接送了。我们杭州、苏州的大官上衙门还得用人作牛马！

何以有这个大区别呢？因为人家每人有三十个机械奴隶代他做工，帮他做工，而我们却得全靠赤手空拳，——我们的机械奴隶是一根扁担挑担子，四个轿夫换抬的轿子，三个车夫轮租的人力车！

我们的工人是苦力。人家的工人是许多机械奴隶的指挥官。

故第二个大问题是怎样利用机器来减除人的痛苦，增加人的生产能力，提高人的幸福。

安诺德先生是外国人，所以他对于第三个问题说的很客气，很委婉。他只说：

> 保管责任之观念，在华人中无论如何努力终不能确立其稳定之意义。其故盖在此偏爱亲人一点。而此点又与中国家族制度有密切关系。此弊为状不一，根深而普遍。欲将家属之责任与现代团体所负保管的责任之适当关系注入于中国人之脑中，须得千钧气力从事之。

这几句话虽然说得委婉，然而也很够使我们惭愧汗下了。

这个问题，其实只是"公私不分"四个字。古话说的，"一子成佛，一家生（升）天"。古话又说，"一人得道，鸡犬登仙"。仙佛尚且如此，何况吃肉的官人？何况公司的经理董事？

几千年来，大家好像都不曾想想，得道成佛既是那样很艰难的事，为什么一人功行圆满之后，他们全家鸡犬也都可以跟着登天？最奇怪的就是今日的新官吏也不能打破这种旧习气。

最近招商局的一个分局的讼案便是最明显的例子。据报纸所载，一个家长做了名义上的局长，实际上却是他的子侄亲戚执行他的职务，弄得弊端百出，亏空到几十万元。到了法庭上，这位家长说他竟不知道他是局长！

招商局的全部历史，节节都是缺乏保管的责任心的好例子。我们翻开《国民政府清查整理招商局委员会报告书》，竟同看《官场现形记》一样，处处都是怪现状。上册五十九页说：

> 查自壬戌至丙寅最近五年内，历年亏折总额计有四百三十七万余两。然总沪局每年发给员司酬劳金，五年共计二十四万五千九百九十四两。查自癸亥年来，股东未获得分文息金，乃局中员司独享此厚酬。

又六十页说：

> 修理费总计每年约六七十万两。……而内河厂（所承办）实居最多数，约占全额之半。查丙寅年内河厂共计修理费三十一万四千余两。……惟内河厂既系该局附属分枝机关，内部办事人员当然与该局办事者关系甚密。……曾经本会函调账籍备查，而该厂忽以账房失踪，账簿遗失呈报。内中情形不问可知矣。

这样的轻视保管的责任，便是中国的大工业与大商业所以不能发达的大原因。

怎样救济呢？安诺德先生说：

> 天下人性同为脆弱。社会与个人之关系愈互相错综依赖。
>
> 则制定种种适当之保卫……愈为急需矣。

人性是不容易改变的，公德也不是一朝一夕造成的。故救济之道不在乎安想人心大变，道德日高，乃在乎制定种种防弊的制度。中国有句古话说："先小人而后君子"。先要承认人性的脆弱，方才可以期望大家做君子。故有公平的考试制度，则用人可以无私；有精密的簿记与审计，则账目可以无弊。制度的训练可以养成无私无弊的新习惯。新习惯养成之后，保管的责任心便成了当然的事了。

这是安诺德先生提出的三个大问题。

用铁路与汽车路来做到统一，用教育与机械来提高生产，用防弊制度来打倒贪污：这才是革命，这才是建设。

但依我看来，要解决这三个大问题，必须先有一番心理的建设。所谓心理的建设，并不仅仅是孙中山先生所谓"知难行易"的学说，只是一种新觉悟，一种新心理。

这种急需的新觉悟就是我们自己要认错。我们必须承认我们自己百事不如人，不但物质上不如人，不但机械上不如人，并且政治社会道德都不如人。

何以百事不如人呢？

不要尽说是帝国主义者害了我们。那是我们自己欺骗自己的话！我们要睁开眼睛看看日本近六十年的历史，试想想何以帝国主义的侵略压不住日本的发愤自强？何以不平等条约捆不住日本的自由发展？

何以我们跌倒了便爬不起来呢？

因为我们从不曾悔祸，从不曾彻底痛责自己，从不曾彻底认错。二三十年前，居然有点悔悟了，所以有许多谴责小说出来，暴扬我们自己官场的黑暗，社会的卑污，家庭的冷酷。十余年来，也还有一些人肯攻击中国的旧文学，旧思想，旧道德宗教，——肯承认西洋的精神文明远胜于我们自己。但现在这一点点悔悟的风气都消灭了。现在中国全部弥漫着一股夸大狂的空气：义和团都成了应该崇拜的英雄志士，而西洋文明只须"帝国主义"四个字便可轻轻抹煞！政府下令提倡旧礼教，而新少年高呼"打倒文化侵略！"

我们全不肯认错。不肯认错，便事事责人，而不肯责己。

我们到今日还迷信口号标语可以打倒帝国主义。我们到今日还迷信不学无术可以统治国家。我们到今日还不肯低头去学人家治人富国的组织与方法。

所以我说，今日的第一要务是要造一种新的心理：要肯认错，要大彻大悟地承认我们自己百不如人。

第二步便是死心塌地的去学人家。老实说，我们不须怕模仿。"学之为言效也"，这是朱子的老话。学画的，学琴的，都要跟别人学起；学的纯熟了，个性才会出来，天才才会出来。

一个现代国家不是一堆昏庸老朽的头脑造得成的，也不是口号标语喊得出来的。我们必须学人家怎样用铁轨，汽车，电线，飞机，无线电，把血脉贯通，把肢体变活，把国家统一起来。我们必须学人家怎样用教育来打倒愚昧，用实业来打倒贫穷，用机械来征服自然，抬高人的能力与幸福。我们必须学人家怎样用种种防弊的制度来经营商业，办理工业，整理国家政治。

只要我们有决心，这三个大问题都容易解决。譬如粤汉铁路还缺二百八十英里，约需六千万元才造得起。多少年来，我们都说这六千万元哪里去筹。然而国民政府在这一年之中便发了近一万万元的公债，不但够完成粤汉铁路，还可以造大铁桥贯通武昌汉口了。

义务教育办不成，也只因经费没有。然而今日全国各方面每天至少要用一百万元的军费（这是财政部次长的估计）。一个国家肯用三万六千万元一年的军费，而不能给全国儿童两年至四年的义务教育，这是不能呢？还是不肯呢？

所以我们应该感谢安诺德先生，感谢他给我们几面好镜子，让我们照见自己的丑态，更感谢他肯对我们说许多老实话，教我们生点愧悔，引起我们一点向上的决心。

我很盼望我们不至于辜负了他这一番友谊的忠告。

信心与反省

这一期（《独立》一〇三期）里有寿生先生的一篇文章，题为《我们要有信心》，在这文里，他提出一个大问题：中华民族真不行吗？他自己的答案是：我们是还有生存权的。

我很高兴我们的青年在这种恶劣空气里还能保持他们对于国家民族前途的绝大信心。这种信心是一个民族生存的基础，我们当然是完全同情的。

可是我们要补充一点：这种信心本身要建筑在稳固的基础之上，不可站在散沙之上。如果信仰的根据不稳固，一朝根基动摇了，信仰也就完了。

寿生先生不赞成那些旧人"拿什么五千年的古国哟，精神文明哟，地大物博哟，来遮丑"。这是不错的。然而他自己提出的民族信心的根据，依我看来，文字上虽然和他们不同，实质上还是和他们同样的站在散沙之上，同样的挡不住风吹雨打。例如他说：

> 我们今日之改进不如日本之速者，就是因为我们的固有文
化太丰富了。富于创造性的人，个性必强，接受性就较缓。
这种思想在实质上和那五千年古国精神文明的迷梦是同样的无稽的夸大。第一，他的原则"富于创造性的人，个性必强，接受性就较缓"，这个大

前提就是完全无稽之谈，就是懒惰的中国士大夫捏造出来替自己遮丑的胡说。事实上恰是相反的：凡富于创造性的人必敏于模仿，凡不善模仿的人决不能创造。创造是一个最误人的名词，其实创造只是模仿到十足时的一点点新花样。古人说的最好："太阳之下，没有新的东西。"一切所谓创造都从模仿出来。我们不要被新名词骗了。新名词的模仿就是旧名词的"学"字；"学之为言效也"是一句不磨的老话。例如学琴，必须先模仿琴师弹琴；学画必须先模仿画师作画；就是画自然界的景物，也是模仿。模仿熟了，就是学会了，工具用的熟了，方法练的细密了，有天才的人自然会"熟能生巧"，这一点工夫到时的奇巧新花样就叫做创造。凡不肯模仿，就是不肯学人的长处。不肯学如何能创造？伽利略（Glileo）听说荷兰有个磨镜匠人做成了一座望远镜，他就依他听说的造法，自己制造了一座望远镜。这就是模仿，也就是创造。从十七世纪初年到如今，望远镜和显微镜都年年有进步，可是这三百年的进步，步步是模仿，也步步是创造。一切进步都是如此：没有一件创造不是先从模仿下手的。孔子说的好：

　　三人行，必有我师焉：择其善者而从之，其不善者而改之。

这就是一个圣人的模仿。懒人不肯模仿，所以决不会创造。一个民族也和个人一样，最肯学人的时代就是那个民族最伟大的时代；等到他不肯学人的时候，他的盛世已过去了，他已走上衰老僵化的时期了，我们中国民族最伟大的时代，正是我们最肯模仿四邻的时代：从汉到唐、宋，一切建筑、绘画、雕刻、音乐、宗教、思想、算学、天文、工艺，哪一件里没有模仿外国的重要成分？佛教和他带来的美术建筑，不用说了。从汉朝到今日，我们的历法改革，无一次不是采用外国的新法；最近三百年的历法是完全学西洋的，更不用说了。到了我们不肯学人家的好处的时候，我们的文化也就不进步了。我们到了民族中衰的时代，只有懒劲学印度人的吸食鸦片，却没有精力学满洲人的不缠脚，那就是我们自杀的法门了。

　　第二，我们不可轻视日本人的模仿。寿生先生也犯了一般人轻视日本的恶习惯，抹杀日本人善于模仿的绝大长处。日本的成功，正可以证明我在上文说的"一切创造都从模仿出来"的原则。寿生说：

> 从唐以至日本明治维新，千数百年间，日本有一件事足为中国取镜者吗？中国的学术思想在她手里去发展改进过吗？我们实无法说有。

这又是无稽的诬告了。三百年前，朱舜水到日本，他居留久了，能了解那个岛国民族的优点，所以他写信给中国的朋友说，日本的政治虽不能上比唐、虞，可以说比得上三代盛世。这一个中国大学者在长期寄居之后下的考语，是值得我们的注意的。日本民族的长处全在他们肯一心一意的学别人的好处。他们学了中国的无数好处，但始终不曾学我们的小脚，八股文，鸦片烟。这不够"为中国取镜"吗？他们学别国的文化，无论在哪一方面，凡是学到家的，都能有创造的贡献。这是必然的道理。浅见的人都说日本的山水人物画是模仿中国的；其实日本画自有他的特点，在人物方面的成绩远胜过中国画，在山水方面也没有走上四王的笨路。在文学方面，他们也有很大的创造。近年已有人赏识日本的小诗了。我且举一个大家不甚留意的例子。文学史家往往说日本的《源氏物语》等作品是模仿中国唐人的小说《游仙窟》等书的。现今《游仙窟》已从日本翻印回中国来了，《源氏物语》也有了英国人卫来先生（Arthur Waley）的五巨册的译本。我们若比较这两部书，就不能不惊叹日本人创造力的伟大。如果《源氏》真是从模仿《游仙窟》出来的，那真是徒弟胜过师傅千万倍了！寿生先生原文里批评日本的工商业，也是中了成见的毒。日本今日工商业的长脚发展，虽然也受了生活程度比人低和货币低落的恩惠，但他的根基实在是全靠科学与工商业的进步。今日大阪与兰肯歇的竞争，骨子里还是新式工业与旧式工业的竞争。日本今日自造的纺织器是世界各国公认为最新最良的。今日英国纺织业也不能不购买日本的新机器了，这是从模仿到创造的最好的例子。不然，我们工人的工资比日本更低，货币平常也比日本钱更贱，为什么我们不能"与他国资本家抢商场"呢？我们到了今日，若还要抹煞事实，笑人模仿，而自居于"富于创造性者"的不屑模仿，那真是盲目的夸大狂了。

第三，再看看"我们的固有文化"是不是真的"太丰富了"。寿生和其他夸大本国固有文化的人们，如果真肯平心想想，必然也会明白这句话也是无根的乱谈。这个问题太大不是这篇短文里所能详细讨论的，我只能指出这个比较重要之点，使人明白我们的固有文化实在是很贫乏的，谈不到"太丰富"的梦话。近代的科学文化，工业文化，我们可以撇开不谈，因为在那些方面，我们的贫乏未免太丢人了。我们且谈谈老远的过去时代罢。我们的周秦时代当然可以和希腊、罗马相提并论，然而我们如果平心研究希腊、罗马的文学，雕刻，科学，政治，单是这四项就不能不使我们感觉我们的文化的贫乏了。尤其是造形美术与算学的两方面，我们真不能不低头愧汗。我们试想想，《几何原本》的作者欧几里得（Euclid）正和孟子先后同时；在那么早的时代，在二千多年前，我们在科学上早已太落后了！（少年爱国的人何不试拿《墨子·经上》篇里的三五条几何学界说来比较《几何原本》？）从此以后，我们所有的，欧洲也都有；我们所没有的，人家所独有的，人家都比我们强。试举一个例子：欧洲有三个一千年的大学，有许多个五百年以上的大学，至今继续存在，继续发展：我们有没有？至于我们所独有的宝贝，骈文，律诗，八股，小脚，太监，姨太太，五世同居的大家庭，贞节牌坊，地狱活现的监狱，廷杖，板子夹棍的法庭，……虽然"丰富"，虽然"在这世界无不足以单独成一系统"，究竟都是使我们抬不起头来的文物制度。即如寿生先生指出的"那更光辉万丈"的宋、明理学，说起来也真正可怜！讲了七八百年的理学，没有一个理学圣贤起来指出裹小脚是不人道的野蛮行为，只见大家崇信"饿死事极小，失节事极大"的吃人礼教：请问那万丈光辉究竟照耀到哪里去了？

以上说的，都只是略略指出寿生先生代表的民族信心是建筑在散沙上面，禁不起风吹草动，就会倒塌下来的。信心是我们需要的，但无根据的信心是没有力量的。

可靠的民族信心，必须建筑在一个坚固的基础之上，祖宗的光荣自是祖宗之光荣，不能救我们的痛苦羞辱。何况祖宗所建的基业不全是光荣呢？我们要指出：我们的民族信心必须站在"反省"的唯一基础之上。反省就是要闭门思过，要诚心诚意的想，我们祖宗的罪孽深重，我们自己的罪孽深重；要认清了罪孽所在，然后我们可以用全副精力去消灾灭罪。寿生先生引了一句"中国不亡是无天理"的悲叹词句，他也许不知道这句伤心的话是我十三四年前在中央公园后面柏树下对孙伏园先生说的，第二天被他记在《晨报》上，就流传至今。我说出那句话的目的，不是要人消极，是要人反省；不是要人灰心，是要人起信心，发下大弘誓来忏悔；来替祖宗忏悔，替我们自己忏悔；要发愿造新因来替代旧日种下的恶因。

今日的大患在于全国人不知耻。所以不知耻者，只是因为不曾反省。一个国家兵力不如人，被人打败了，被人抢夺了一大块土地去，这不算是最大的耻辱。一个国家在今日还容许整个的省分遍种鸦片烟，一个政府在今日还要依靠鸦片烟的税收——公卖税，吸户税，烟苗税，过境税——来做政府的收入的一部分，这是最大的耻辱。一个现代民族在今日还容许他们的最高官吏公然提倡什么"时轮金刚法会""息灾利民法会"，这是最大的耻辱。一个国家有五千年的历史，而没有一个四十年的大学，甚至于没有一个真正完备的大学，这是最大的耻辱。一个国家能养三百万不能捍卫国家的兵，而至今不肯计划任何区域的国民义务教育，这是最大的耻辱。

真诚的反省自然发生与真诚的愧耻。孟子说的好："不耻不若人，何若人有？"真诚的愧耻自然引起向上的努力，要发弘愿努力学人家的好处，铲除自家的罪恶。经过这种反省与忏悔之后，然后可以起新的信心：要信仰我们自己正是拨乱反正的人，这个担子必须我们自己来挑起。三四十年的天足运动已经差不多完全铲除了小脚的风气：从前大脚的女人要装小脚，现在小脚的女人要装大脚了。风气转移的这样快，这不够坚定我们的自信心吗？

历史的反省自然使我们明了今日的失败都因为过去的不努力，同时也可以使我们格外明了"种瓜得瓜，种豆得豆"的因果铁律。铲除过去的罪孽只是割断已往种下的果。我们要收新果，必须努力造新因。祖宗生在过去的时代，他们没有我们今日的新工具，也居然能给我们留下了不少的遗产。我们今日有了祖宗不曾梦见的种种新工具，当然应该有比祖宗高明千百倍的成绩，才对得起这个新鲜的世界。日本一个小岛国，那么贫瘠的土地，那么少的人民，只因为伊藤博文，大久保利通，西乡隆盛等几十个人的努力，只因为他们肯拼命的学人家，肯拼命的用这个世界的新工具，居然在半个世纪之内一跃而为世界三五大强国之一。这不够鼓舞我们的信心吗？

反省的结果应该使我们明白那五千年的精神文明，那"光辉万丈"的宋、明理学，那并不太丰富的固有文化，都是无济于事的银样蜡枪头。我们的前途在我们自己的手里。我们的信心应该望在我们的将来。我们的将来全靠我们下什么种，出多少力。"播了种一定会有收获，用了力决不至于白费"：这是翁文灏先生要我们有的信心。

整理国故与"打鬼"

——给浩徐先生信

浩徐先生：

今天看见一〇六期的《现代》，读了你的《主客》，忍不住要写几句话寄给你批评。

你说整理国故的一种恶影响是造成一种"非驴非马"的白话文。此话却不尽然。今日的半文半白的白话文，有三种来源。第一是做惯古文的人，改做白话，往往不能脱胎换骨所以弄成半古半今的文体。梁任公先生的白话文属于这一类，我的白话文有时候也不能免这种现状。缠小了的脚，骨头断了，不容易改成天足，只好塞点棉花，总算是"提倡"大脚的一番苦心，这是大家应该原谅的。

第二是有意夹点古文调子，添点风趣，加点滑稽意味。吴稚晖先生的文章（有时因为前一种原因）有时是有意开玩笑的。鲁迅先生的文章，有时是故意学日本人做汉文的文体，大概是打趣"《顺天时报》派"的；如他的《小说史》自序。钱玄同先生是这两方面都有一点的：他极赏识吴稚晖的文章，又极赏识鲁迅弟兄，所以他做的文章也往往走上这一条路。

第三是学时髦的不长进的少年。他们本没有什么自觉的主张，又没有文学的感觉，随笔乱写，既可省做文章的工力，又可以借吴老先生作幌子。这种懒鬼，本来不会走上文学的路去，由他们去自生自灭罢。

这三种来源都和"整理国故"无关。你看是吗？

平心说来，我们这一辈人都是从古文里滚出来的，一二十年的死工夫或二三十年的死工夫究竟还留下一点子鬼影，不容易完全脱胎换骨。即如我自己，必须全副精神贯注在修词造句上，方才可以做纯粹的白话文；偶一松懈（例如做"述学"的文字，如《章实斋年谱》之类），便成了"非驴非马"的文章了。

大概我们这一辈"半途出身"的作者都不是做纯粹国语文的人。新文学的创造者应该出在我们的儿女的一辈里。他们是"正途出身"的；国语是他们的第一语言；他们大概可以避免我们这一辈人的缺点了。

但是我总想对国内有志作好文章的少年们说两句忠告的话。第一，做文章是要用力气的。第二，在现时的作品里，应该拣选那些用气力做的文章做样子，不可挑那些一时游戏的作品。

其次，你说国故整理的运动总算有功劳，因为国故学者判断旧文化无用的结论可以使少年人一心一意地去寻求新知识与新道德。你这个结论，我也不敢承认。

国故整理的事业还在刚开始的时候，决不能说已到了"最后一刀"。我们这时候说东方文明是"懒惰不长进的文明"，这种断语未必能服人之心。六十岁上下的老少年如吴稚晖、高梦旦也许能赞成我的话。但是一班黑头老辈如曾慕韩、康洪章等诸位先生一定不肯表同意。

那"最后一刀"究竟还得让国故学者来下手。等他们用点真工夫，充分采用科学方法，把那几千年的烂账算清楚了，报告出来，叫人们知道儒是什么，墨是什么，道家与道教是什么，释迦达摩又是什么，理学是什么，骈文律诗是什么，那时候才是"最后的一刀"收效的日子。

近来想想，还得双管齐下。输入新知识与新思想固是要紧，然而"打鬼"更是要紧。宗杲和尚说的好：

> 我这里无法与人，只是据款结案。恰如将个琉璃瓶子来，护惜如什么，我一见便为你打破。你又将得摩尼珠来，我又夺了。见你恁地来时，我又和你两手截了。所以临济和尚道，"逢佛杀佛，逢祖杀祖，逢罗汉杀罗汉"。你且道，既称善知识，为什么却要杀人？你且看他是什么道理？

浩徐先生，你且道，清醒白醒的胡适之却为什么要钻到烂纸堆里去"白费劲儿"？为什么他到了巴黎不去参观柏斯德研究所，却在那敦煌烂纸堆里混了十六天的工夫？

我披肝沥胆地奉告人们：只为了我十分相信"烂纸堆"里有无数无数的老鬼，能吃人，能迷人，害人的厉害胜过柏斯德（Pasteur）（今译巴斯德）发现的种种病菌。只为了我自己自信，虽然不能杀菌，却颇能"捉妖""打鬼"。

这回到巴黎、伦敦跑了一趟，搜得不少"据款结案"的证据，可以把达摩、慧能，以至"西天二十八祖"的原形都给打出来。据款结案，即是"打鬼"。打出原形，即是"捉妖"。

这是整理国故的目的与功用。这是整理国故的好结果。

你说，"我们早知道在那方面做工夫是弄不出好结果来的"。那是你这聪明人的一时懵懂。这里面有绝好的结果。用精密的方法，考出古文化的真相；用明白晓畅的文字报告出来，叫有眼的都可以看见，有脑筋的都可以明白。这是化黑暗为光明，化神奇为臭腐，化玄妙为平常，化神圣为凡庸，这才是"重新估定一切价值"。他的功用可以解放人心，可以保护人们不受鬼怪迷惑。

西滢先生批评我的作品，单取我的《文存》，不取我的《哲学史》。西滢究竟是一个文人；以文章论，《文存》自然远胜《哲学史》。但我自信，中国治哲学史，我是开山的人，这一件事要算是中国一件大幸事。这一部书的功用能使中国哲学史变色。以后无论国内国外研究这一门学问的人都躲不了这一部书的影响。凡不能用这种方法和态度的，我可以断言，休想站得住。

梁漱溟先生在他的书里曾说，依胡先生的说法，中国哲学也不过如此而已（原文记不起了，大意如此）。老实说来，这正是我的大成绩。我所以要整理国故，只是要人明白这些东西原来"也不过如此"！本来"不过如此"，我所以还他一个"不过如此"。这叫做"化神奇为臭腐，化玄妙为平常"。

禅宗的大师说："某甲只将花插香炉上，是和尚自疑别有什么事。"把戏千万般，说破了"也不过如此"。（下略）

附录二：主客答问

浩徐

（客）民国十五年又快到尽头了。在这迎新送旧的时候，你有什么感想呢？或把问题缩小些，你对于中国的知识阶级有什么希望呢？

（主）希望多着哪！第一，希望大家别忙着整顿国故，……

（客）对不起，让我插说一句，那"整顿国故"的工作，是近来一重要部分知识阶级的重要工作哪！

（主）但是整顿出来的结果呢？整顿了四五年之后，他们的结论仍然是："这样受物质环境的拘束与支配，不能跳出来，不能运用人的心思智力来改造环境改造现状的文明，是懒惰不长进的民族的文明，是真正唯物的文明。这种文明只可以过抑而决不能满足人类精神上的要求。"这是整顿国故的首功胡适之的结论。又比如唐擘黄虽然不昌言整顿国故，也是在国故里下过功夫的，他的结论是："可惜太聪明了！"倒是成长期中的白话文倒受了国故的影响，弄出来了现今这种"文言为体白话为用"的非驴非马的白话文，无怪乎章行严说白话文看不下去，现在这种白话文是古人读不通今人看不懂的。

（客）这话不错。整顿国故的工作，真是白费劲儿；要使把那些优秀的知识分子的有为的光阴，去认真输入西洋的各种科学艺术，那是多么有益，想起来真是可惜。

（主）国故整理运动倒也不是完全无益。说功劳他也是有功劳的。因为民国七八年那时候是中国人初次对于西洋文明开了眼睛的时候，那时候中国人虽然赞美西洋文明，但是还不曾从西洋文明的立脚点来看察过中国文明。就好像一个嫁了人的娘们，虽然对于夫妇生活觉得满足，总还对于娘家多少有点留恋。等到回到娘家过了一些日子之后，才能够觉到娘家的生活只是过去的生活，那新生活才是她真正应该生活的生活。要是没有那些人去干一阵整顿国故的工作，中国人一定对于他们的国故，还抱着多大的幻想，还以为那国故海上，一定还有虚无缥缈的仙山。要等那国故整顿舰队开进那海里去搜讨一番，然后大家才能相信那里头真正是空虚。所以国故整理家对国故所下的结论，才是在那半生不死的国故动物的喉咙里杀进去的最后一刀，使以后的青年们能够毫无牵挂地一心一意地去寻求新道德新知识新艺术。这就是国故整顿运动的功劳。不过在文化那建筑物上他不曾积极地加上一砖一瓦罢了。我们早知道在那方面做工夫是弄不出好结果来的。（下略）

"旧瓶不能装新酒"吗？

近人爱用一句西洋古话："旧瓶不能装新酒。"我们稍稍想一想，就可以知道这句话一定是翻译错了，以讹传讹，闹成了一句大笑话。一个不识字的老妈子也会笑你："谁说旧瓶子装不了新酒？您府上装新酒的瓶子，哪一个不是老啤酒瓶子呢？您打哪儿听来的奇谈？"

这句话的英文是"No man put the new wine into old bottles"，译成了"没有人把新酒装在旧瓶子里"，好像一个字不错，其实是大错了。错在那个"瓶子"上，因为这句话是犹太人的古话，犹太人装酒是用山羊皮袋的。这句古话出于《马可福音》第二章，二十二节，全文是：

也没有人把新酒装在旧皮袋里，恐怕酒把皮袋裂开，酒和

皮袋就都坏了。只有把新酒装在新皮袋里。

这是用1823年的官话译本。1804年的文言译本用"旧革囊"译Old bottles。皮袋用久了，禁不起新酒，往往要裂开（此项装酒皮袋是用山羊皮做的，光的一面做里子。耶路撒冷人至今用这法子。见圣经字典Bottles一条）。若用瓦瓶子，磁瓶子，玻璃瓶子，就不怕装新酒了。百年前翻译《新约》的人知道这个道理，所以不用"瓶"字，而用"旧皮袋""旧革囊"。今人不懂得犹太人的酒囊做法，见了Bottles就胡乱翻作"瓶子"，所以闹出"旧瓶不能装新酒"的傻话来了。

这番话不仅仅是做"酒瓶子"的考据，其中颇有一点道理值得我们想想。

能不能装新酒，要看是旧皮袋，还是旧磁瓶。"旧瓶不能装新酒"是错的；可是"旧皮囊装不得新酒"是不错的。

昨天在《大公报》上看见我的朋友蒋廷黻先生的星期论文，题目是"新名词，旧事情"。他的大意是说：

> 总而言之，近代的日本是拿旧名词来干新政治，近代的中国是拿新名词来玩旧政治。日本托古以维新，我们则假新以复旧。其结果的优劣，早已为世人所共知共认。推其故，我们就知道这不是偶然的。第一，旧名词如同市场上的旧货牌，已得社会信仰。……所以善于经商者情愿换货不换牌子。第二，新名词的来源既多且杂，……正如市上的杂牌伪牌太多了，顾客就不顾牌子了。所以新名词既无号召之力，又使社会纷乱。第三，意态是环境的产物。……环境不变而努力于新意态新名词的制造，所得成绩一定是皮毛。

他在这一篇里也提到旧瓶装新酒的西谚。他说：

> 日本人于名词不嫌其旧，于事业则求其新。他们维新的初步是尊王废藩。他们说这是复古。但是他们在这复古在标语之下建设了新民族国家。……日本政治家一把新酒搁在旧瓶子里，日本人只叹其味之美，所以得有事半功倍之效。

我想，蒋先生大概也不曾细考酒瓶子有种种的不同。日本人用的大概是瓦瓶子，瓶底子不容易沥干净，陈年老酒沥积久了，新酒装进去，也就沾其余香，所以倒出来令人叹其味之美。鸦片烟鬼爱用老烟斗，吸淡巴菰的老瘾也爱用多年的老烟斗，都是同一道理。可是二三十年前，咱们中国人也曾提出不少"复古"的标语。"共和"比"尊王废藩"古的多了，据说是西历纪元前八百多年就实行过十四年的"共和"；更推上去，还可以上溯尧舜的禅让。"维新""革命"也都有古经的根据。祭天，祀天，复辟，也都是道地的老牌子。孙中山先生也曾提出"王道"和忠孝仁爱等等老牌子。陈济棠先生和邹鲁先生在广东还正在提倡人人读《孝经》哩！奇怪的很，这些"老牌子"怎么也和"新名词"一样"无号召之力"呢？我想，大概咱们用来装新酒的，不是瓷瓦，不是玻璃，只是古犹太人的"旧皮袋"，所以恰恰应了犹太圣人说的"旧皮囊装不得新酒"的古话。

蒋先生说：

问题是这些新主义与我们这个旧社会合适不合适。

是的！这确是一个问题。不过同时我们也可以对蒋先生说：

问题是那些老牌子与我们这个新社会合适不合适。

这也是一个真实的问题。因为，无论蒋先生如何抹杀新事情，眼前的中国已不是"旧社会"一个名词能包括的了。千不该，万不该，西洋鬼子打上门来，逼我们钻进这新世界，强迫我们划一个新时代。若说我们还不够新，那是无可讳的。若说这还是一个"旧社会"，还是应该要倚靠"有些旧名词的号召力"，那就未免太抹杀事实了。

平心而论，近代的日本也并不是"拿旧名词来干新政治"。因为日本的皇室在那一千二百年之中全无实权，只有空名，所以"尊王"在当日不是旧名词。因为幕府专政藩阀割据已有了七百年之久，所以"覆幕废藩"在当日也不是旧名词。这都是新政治，不是旧名词。

我们今日需要的是新政治，即是合适于今日中国的需要的政治。我们要学人家"干新政治"，不必问他们用的是新的或旧的名词。

充分世界化和全盘西化

二十年前，美国《展望周报》（*The Outook*）总编辑阿博特（Lyman Abbott）发表了一部自传，其第一篇里记他的父亲的谈话，说："自古以来，凡哲学上和神学上的争论，十分之九都只是名词上的争论。"阿博特在这句话的后面加上了一句评论，他说："我父亲的话是不错的。但我年纪越大，越感觉到他老人家的算术还有点小错。其实剩下的那十分之一，也还只是名词上的争论。"

这几个月里，我读了各地杂志报章上讨论"中国本位文化""全盘西化"的争论，我常常想起阿博特父子的议论。因此我又联想到五六年前我最初讨论这个文化问题时，因为用字不小心，引起的一点批评。那一年（1929）《中国基督教年鉴》（*Christian Year-book*）请我做一篇文字，我的题目是"中国今日的文化冲突"，我指出中国人对于这个问题，曾有三派的主张：一是抵抗西洋文化，二是选择折衷，三是充分西化。我说，抵抗西化在今日已成过去，没有人主张了。但所谓"选择折衷"的议论，看去非常有理，其实骨子里只是一种变相的保守论。所以我主张全盘的西化，一心一意的走上世界化的路。

那部年鉴出版后，潘光旦先生在《中国评论周报》里写了一篇英文书评，差不多全文是讨论我那篇短文的。他指出我在那短文里用了两个意义不全同的字，一个是Wholesale westernization，可译为"全盘西化"；一个是Wholehearted modernization，可译为"一心一意的现代化"，或"全力的现代化"，或"充分的现代化"。潘先生说，他可以完全赞成后面那个字，而不能接受前面那个字。这就是说，他可以赞成"全力现代化"，而不能赞成"全盘西化"。

陈序经、吴景超诸位先生大概不曾注意到我们在五六年前的英文讨论。"全盘西化"一个口号所以受了不少的批评，引起了不少的辩论，恐怕还是因为这个名词的确不免有一点语病。这点语病是因为严格说来，"全盘"含有百分之一百的意义，而百分之九十九还算不得"全盘"。其实陈序经先生的原意并不是这样，至少我可以说我自己的原意并不是这样。我赞成"全盘西化"，原意只是因为这个口号最近于我十几年来"充分"世界化的主张；我一时忘了潘光旦先生在几年前指出我用字的疏忽，所以我不曾特别声明"全盘"的意义不过是"充分"而已，不应该拘泥作百分之百的数量的解释。

所以我现在很诚恳的向各位文化讨论者提议：为免除许多无谓的文字上或名词上的争论起见，与其说"全盘西化"，不如说"充分世界化"。"充分"在数量上即是"尽量"的意思，在精神上即是"用全力"的意思。

我的提议的理由是这样的：

第一，避免了"全盘"字样，可以免除一切琐碎的争论。例如我此刻穿着长袍，踏着中国缎鞋子，用的是钢笔，写的是中国字，谈的是"西化"，究竟我有"全盘西化"的百分之几，本来可以不生问题。这里面本来没有"折衷调和"的存心，只不过是为了应用上的便利而已。我自信我的长袍和缎鞋和中国字，并没有违反我主张"充分世界化"的原则。我看了近日各位朋友的讨论，颇有太琐碎的争论，如"见女人脱帽子"，是否"见男人也应该脱帽子"；如我们"能吃番菜"，是不是我们的饮食也应全盘西化；这些事我看都不应该成问题。人与人交际，应该"充分"学点礼貌；饮食起居，应该"充分"注意卫生与滋养：这就够了。

第二，避免了"全盘"的字样，可以容易得着同情的赞助。例如陈序经先生说："吴景超先生既能承认了西方文化十二分之十以上，那么吴先生之所异于全盘西化论者，恐怕是毫厘之间罢。"我却以为，与其希望别人牺牲那"毫厘之间"来牵就我们的"全盘"，不如我们自己抛弃那文字上的"全盘"来包罗一切在精神上或原则上赞成"充分西化"或"根本西化"的人们。依我看来，"充分世界化"的原则之下，吴景超，潘光旦，张佛泉，梁实秋，沈昌晔……诸先生当然都是我们的同志，而不是论敌了。就是那发表"总答复"的十教授，他们既然提出了"充实人民的生活，发展国民的生计，争取民族的生存"的三个标准，而这三件事又恰恰都是必须充分采用世界文化的最新工具和方法的，那么，我们在这三点上边可以欢迎"总答复"以后的十教授做我们的同志了。

第三，我们不能不承认，数量上的严格"全盘西化"是不容易成立的。文化只是人民生活的方式，处处都不能不受人民的经济状况和历史习惯的限制，这就是我从前说过的文化惰性。你尽管相信"西菜较合卫生"，但事实上决不能期望人人都吃西菜，都改用刀叉。况且西洋文化确有不少的历史因袭的成分，我们不但理智上不愿采取，事实上也决不会全盘采取。……这些问题，说"全盘西化"则都成争论的问题，说"充分世界化"则都可以不成问题了。

鄙见如此，不知各位文化讨论者以为如何？

《市政制度》序

　　我的朋友张慰慈博士在美国留学时，他的专门研究是市政制度；他的博士论文的题目就是《美国市政之委员制与经理制的历史与分析》。他现在著的这部专论市政制度的书，是一部很好的市政研究的引论。他这部书的后半很详细地叙说市政的具体组织，末两章还介绍他所专门研究的委员制与经理制。但这部书的特别长处在于不偏重制度的介绍，而兼顾到制度背后的理论与历史。单绍介外国的制度，而不懂得这些制度的意义，是没有益处的。但制度的意义不全在理论的如何完美，而在他的历史的背景，——在他的如何产生。慰慈的书的长处就在这里。

　　慰慈在这书的绪论里说：

　　　　凡一种民族没有建设城市的能力，其文化必不能十分发达。

这是最沉痛的话。他又说：

　　　　文化史上最重要的一步是从乡村的生活变化到城市的生活。

　　现在中国的情形很像有从乡村生活变到城市生活的趋势了。上海，广州，汉口，天津等处的人口的骤增，各处商埠的渐渐发达，都是朝着这个方向走的。我们这个民族自从有历史以来，不曾有过这样人口繁多，生活复杂的大城市。大城市逼人而来了！我们怎么办呢？我们有没有治理城市的能力呢？

在过去的历史上看来，我们可以说，我们这个民族实在很少组织大城市的能力。远的我们且不说；就拿北京作个例罢。北京的市政全在官厅的手里。有能力的官僚，如朱启钤之流，确然也曾留下一点很好的成绩。但官僚的市政没有相当的监督是容易腐败的。果然十年以来的北京市政一天坏似一天。道路的失修，公共卫生的不讲究，是人人都知道的。电灯近来较明亮了；然装电表是非运动不可的。自来水管的装置是要用户出重价的；并且近来有人发现自来水内"每十五滴含有细菌六百个，且有大肠菌"（十四年七月二十六日中央防疫处的报告）近年更妙了；内务部和市政公所争先恐后的竞卖公产，不但卖地皮过日子，并且连旧皇城的墙砖也一块块地卖了。最奇怪的是北京市民从来没有纳税的义务；连警察和公立中小学的经费都由中央筹给。舞弊营私的官厅不敢向市民征税；不纳税的市民也不敢过问官厅的舞弊营私！

前三年，政府有把北京市政改归市民自办的话了。于是三个月之中就发生了七八十个北京市自治的团体，大家开会，大家想包办北京的市政。一会儿，这七八十个想包办北京市政的团体又全都跟着京华尘土飞散了，全都不见了！

北京如此。其余的大城市的市政大都是受了租界的影响而产生的。上海闸北与南市的市政历史便是明例。我们固然不满意于租界的市政；但那些毗连租界的区域的市政实在更使我们惭愧。几十年的模仿何以竟不能使我们的城市有较好的道路，较完备的公共卫生，较完备的交通机关呢？

过去的成绩如此。我个人常想，我们的大城市的市政上的失败有一个根本的原因，就是我们虽住在城市里，至今还不曾脱离农村生活的习惯。农村生活的习惯是自由的，放任的，散漫的，消极的；城市生活所需要的新习惯是干涉的政治，严肃的纪律，系统的组织，积极的做事。我们若不能放弃乡间生活的习惯，就不配住城市，就不配做城市的市民，更不配办市政。例如去年北京军警费无着落，政府倡议征收北京房捐；然而终不敢明白征收，只敢举行一次"劝捐"。后来有一班市侩政客假借什么团体名义出来反对，就连这"劝捐"也不敢举办了！这一件事真可表示我们的乡村习惯。

慰慈在这书里说：

> 近来（美国）政治观念的改变大概是向那条所谓"工具主义"的路上跑；这就是利用城市政府的组织，想达到个人幸福和社会安宁的目的；例如要求城市为人民设备种种方法，使他们能利用种种机会，得到最高度的幸福，满足他们美术上的需要。最完备的公共卫生设备，最清洁的自来水，最贱价的和最完备的交通设备等等，变成城市人民所应得的权利。

我们离这种"工具主义的市政观念"还远的很咧！我希望慰慈这部书能引起一部分国民的注意，能打破他们的乡间生活的习惯，能使他们根本了解现代的城市生活的意义与性质。我们若不彻底明白乡间生活的习惯是不适宜于现代的城市生活的，我们若不能彻底抛弃乡下人与乡村绅士的习惯，中国决不会有良好的市政。

科学发展所需要的社会改革

　　"科学发展所需要的社会改革"，这题目不是我自己定的，是负责筹备的委员会出给我的题目。这题目的意思是问：在我们远东各国，社会上需要有些什么变化才能够使科学生根发芽呢？

　　到这里来开会的诸位是在亚洲许多地区从事推进科学教育的，我想一定都远比我更适合就这个大而重要的题目说话。

　　我今天被请来说话，我很疑心，这是由于负责筹备这个会议的朋友们大概要存心作弄我，或者存心作弄诸位：他们大概要我在诸位的会议开幕的时候做一次Advocatus Diaboli，"魔鬼的辩护士"（中古基督教会的一种制度），要我说几句怪不中听的话，好让诸位在静静的审议中把我的话尽力推翻。

　　我居然来了，居然以一个"魔鬼的辩护士"的身分来到诸位面前，要说几句怪不中听的话给诸位去尽力驳倒、推翻。

　　我愿意提出一些意见，都是属于智识和教育上的变化的范围的——我相信这种变化是一切社会变化中最重要的。

　　我相信，为了给科学的发展铺路，为了准备接受、欢迎近代的科学和技术的文明，我们东方人也许必须经过某种智识上的变化或革命。

　　这种智识上的革命有两方面。在消极方面，我们应当丢掉一个深深的生了根的偏见，那就是以为西方的物质的（material）、唯物的（materialistic）文明虽然无疑的占了先，我们东方人还可以凭我们的优越的精神文明（spiritual civilization）自傲。我们也许必须丢掉这种没有理由的自傲，必须学习承认东方文明中所含的精神成分（spirituality）实在很少。在积极方面，我们应当学习了解、赏识科学和技术决不是唯物的，乃是高度理想主义的（idealistic），乃是高度精神的（spiritual）；科学和技术确然代表我们东方文明中不幸不够发达的一种真正的理想主义，真正的"精神"。

第一，我认为我们东方这些老文明中没有多少精神成分。一个文明容忍像妇女缠足那样惨无人道的习惯到一千多年之久，而差不多没有一声抗议，还有什么精神文明可说？一个文明容忍"种姓制度"（the caste system）到好几千年之久，还有多大精神成分可说？一个文明把人生看作苦痛而不值得过的，把贫穷和行乞看作美德，把疾病看作天祸，又有些什么精神价值可说？

试想像一个老叫化婆子死在极度贫困里，但临死还念着"南无阿弥陀佛！"——临死还相信她的灵魂可以到阿弥陀佛所主宰的极乐世界去，——试想像这个老叫化婆子有多大精神价值可说。

现在，正是我们东方人应当开始承认那些老文明中很少精神价值或完全没有精神价值的时候了；那些老文明本来只属于人类衰老的时代，——年老身衰了，心智也颓唐了，就觉得没法子对付大自然的力量了。的确，充分认识那些老文明中并没有多大精神成分，甚或已没有一点生活气力，似乎正是对科学和技术的近代文明要有充分了解所必需的一种智识上的准备；因为这个近代文明正是歌颂人生的文明，正是要利用人类智慧改善种种生活条件的文明。

第二，在我们东方人是同等重要而不可少的，就是明白承认这个科学和技术的新文明并不是什么强加到我们身上的东西，并不是什么西方唯物民族的物质文明，是我们心里轻视而又不能不勉强容受的，——我们要明白承认，这个文明乃是人类真正伟大的精神的成就，是我们必须学习去爱好，去尊敬的。因为近代科学是人身上最有精神意味而且的确最神圣的因素的累积成就；那个因素就是人的创造的智慧，是用研究实验的严格方法去求知，求发现，求绞出大自然的精微秘密的那种智慧。

"真理不是容易求得的"（理未易察）；真理决不肯自己显示给那些凭着空空的两手和没有训练的感官来摸索自然的妄人。科学史和大科学家的传记都是最动人的资料，可以使我们充分了解那些献身科学的人的精神生活——那种耐性，那种毅力，那种忘我的求真的努力，那些足令人心灰气馁的失败，以及在忽然得到发现和证实的刹那之间那种真正精神上的愉快、高兴。

说来有同样意味的是，连工艺技术也不能看作仅仅是把科学智识，应用在工具和机械的制造上。每一样文明的工具都是人利用物质和能力来表现一个观念或一大套观念或概念的产物。人曾被称作Homo faber，能制造器具的动物。文明正是由制造器具产生的。

器具的制造的确早就极被人重视，所以有好些大发明，例如火的发明，都被认作某位伟大的神的功劳。据说孔子也有这种很高明的看法，认为一切文明工具都有精神上的根源，一切工具都是从人的意象生出来的。《周易·系辞传》里说得最好："见乃谓之象；形乃谓之器；利而用之谓之法；利用出入，民咸用之，谓之神。"这是古代一位圣人的说法。所以我们把科学和技术看作人的高度精神的成就，这并不算是玷辱了我们东方人的身分。

总而言之：我以为我们东方的人，站在科学和技术的新文明的门口，最好有一点这样的智识上的准备，才可以适当的接受、赏识这个文明。

总而言之，我们东方的人最好有一种科学技术的文明的哲学。

大约在三十五年前，我曾提议对几个常被误用而且很容易混淆的名词——"精神文明"（Spiritual civilization），"物质文明"（Material civilization），"唯物的文明"（Materialistic civilization）——重新考虑，重新下定义。

所谓"物质文明"应该有纯中立的涵义，因为一切文明工具都是观念在物质上的表现，一把石斧或一尊土偶和一只近代大海洋轮船或一架喷射飞机同样是物质的。一位东方的诗人或哲人坐在一只原始舢板船上，没有理由嘲笑或藐视坐在近代喷射机在他头上飞过的人们的物质文明。

我又曾说到，"唯物的文明"这个名词虽然常被用来讥贬近代西方世界科学和技术的文明，在我看来却更适宜于形容老世界那些落后的文明。因为在我看来那个被物质环境限制住了，压迫下去了而不能超出物质环境的文明，那个不能利用人的智慧来征服自然以改进人类生活条件的文明，才正是"唯物的"。总而言之，我要说一个感到自己没有力量对抗物质环境而反被物质环境征服了的文明才是"唯物"得可怜。

另一方面，我主张把科学和技术的近代文明看作高度理想主义的、精神的文明。我在大约三十多年前说过：

> 这样充分运用人的聪明智慧来寻求真理，来控制自然，来变化物质以供人用，来使人的身体免除不必要的辛劳痛苦，来把人的力量增加几千倍几十万倍，来使人的精神从愚昧、迷信里解放出来，来革新再造人类的种种制度以谋最大多数的最大幸福，——这样的文明是高度理想主义的文明，是真正精神的文明。

这是我对科学和技术的近代文明的热诚颂赞——我在1925年和1926年首先用中文演说过并写成文字发表过，后来在1926年和1927年又在英美两国演说过好几次，后来在1928年又用英文发表，作为俾耳德（Charles A. Beard）教授编的一部论文集《人类何处去》（*Whither Mankind*）里的一章。

这并不是对东方那些老文明的盲目责难，也决不是对西方近代文明的盲目崇拜。这乃是当年一个研究思想史和文明史的青年学人经过仔细考虑的意见。

我现在回过头去看，我还相信我在大约三十五年前说的话是不错的。

我还以为这是对东方和西方文明很公正的估量。我还相信必须有这样的对东方那些老文明，对科学和技术的近代文明的重新估量，我们东方人才能够真诚而热烈的接受近代科学。

没有一点这样透彻的重新估量、重新评价，没有一点这样的智识上的信念，我们只能够勉强接受科学和技术，当作一种免不了的障碍，一种少不了的坏东西，至多也不过是一种只有功利用处而没有内在价值的东西。

得不到一点这样的科学技术的文明的哲学，我怕科学在我们中间不会深深的生根，我怕我们东方的人在这个新世界里也不会觉得心安理得。

当前中国文化问题（节选）

当前中国文化问题既然就是前面所说的社会制度政治制度经济制度宗教等吸收或拒绝，在交通工具如此发达之时，我们不能也不可能拒绝某种文化，问题是这类文化的接受牵涉到感情牵涉到信仰牵涉到思想牵涉到宗教，具体说，当前有两个东西在斗争，这两个东西放在我们前面，既不是物质，就不能像商品那样这是德国货这是英国货美国货一般辨别谁好谁坏。现在放在面前的美国货俄国货是无法比较的东西，既不能以品质来较优劣，又不能以价格来比高下，放在面前的是两个世界或者说两个文化要我们去选择去决定往东往西往左往右。

数百年来自由选择自由拒绝世界文化的阶段已经过去了，目前是必须要我们在两个中间挑选一个，我们既无法列一公式来证明往左是生路往右是死路，或者往右是生路往左是死路，又无法说我们有我们自己的你们的两个都不要，所以问题就严重了，三十年前教科书里的东西用不着了。梁启超先生早年介绍我们"自由"，许多人谈"不自由毋宁死"，那时看来是天经地义的，现在是变了，打倒资本主义也要打倒自由主义。要服从，要牺牲个人自由，争取集体自由，从前对的话现在不对了。自由究竟要不要，是另一问题。如从历史上看，一切文化都是向前进，而自由正是前进的原动力，有学术思想自由言论自由出版自由才有不断的新科学新文化出来，照辨证法说，有甲就有非甲，甲与非甲斗争成为乙，有乙又有非乙，乙与非乙斗争成为丙。

我今天说这一段话，不是"卖膏药"，我没有膏药可卖。只是这个问题牵涉到感情牵涉到信仰牵涉到思想，除了思想有一点理智成份外，情感信仰就不同，受不了一点刺激。我今年五十八岁，一生相信自由主义，我是向来深信三百年来的历史完全是科学的改造，以人类的聪明睿智改造物质，减少人类痛苦，增加人类幸福，这种成就完全靠了有思想自由信仰自由出版自由，不怕天不怕地，倘使失了自由，哪里还有现在的物质文明。

我走过许多国家，我没有见到一个国家牺牲经济自由可以得到政治自由，也没有见到一个国家牺牲政治自由可以得到经济自由，俄国人民生活程度三十年来提高了多少？人民生活痛苦减轻了多少，经济自由得到了没有？牺牲政治自由而得到经济自由的，历史上未有先例。

我比较守旧，9月11日还在北平天坛广播"自由主义"，也许有人听了骂胡适之落伍，他们说这不是不自由不民主，而是新民主新自由，是没有自由的新民主，没有民主的新民主，没有自由的新自由，没有民主的新自由，各位看过评剧里的《空城计》《长坂坡》，没有诸葛亮的《空城计》，没有赵子龙的《长坂坡》还成什么戏？

是自由非自由的选择，也是容忍与不容忍的选择。前年在美国时去看一位老师，他年已八十，一生努力研究自由历史，见了我说："我年纪愈大，我才感到容忍与自由一样重要，也许比自由更重要。"不久他就死了。讲自由要容忍理由很简单，从前的自由是皇帝允许我才有的，现在要多数人允许才能得到，主张左的容忍右的，主张右的容忍左的，相信上帝的要容忍不相信上帝的，不相信上帝的要容忍相信上帝的，不像从前我相信神你不相信神就打死你，现在是社会允许我讲无神论，讲无神论也要容忍讲有神论，因为社会一样允许他。各位都看到报上说美国华莱士组织第三党竞选总统，比较左倾，反对他的人，拿鸡蛋番茄掷他，掷他的人给警察抓了送到法庭去，法官说这是不对的，华莱士有言论自由，要判他在监里坐或者罚他抄篇写《纽约前锋论坛报》几十年来作标语的一句名言一千篇，那个人想想还是愿意抄一千篇，这一句话是："你说的话我一个字也不相信，但我要拼命辩护你有权说这话。"这一句话多么伟大！假使这世界是自由与非自由之争的世界，我虽是老朽，我愿意接受有自由的世界，如果一个是容忍一个是不容忍的世界，我要选择容忍的世界。有人说恐怕不容忍的世界极权的世界声势大些，胡适之准备做俘虏吧！大家只看到世界上两个东西斗争这边失败，政府打仗这边也失败，那边声势很大，便以为这边注定失败了，我不赞成这种失败主义，三百年的历史是整个的反自由运动，目前的反动并不是大反动，只是小小的反动，看起来声势浩大，但他们自己就缺乏自信，不相信自己的人，用最专制的权力来压迫自己人，经过三十一年长时间还不许人家进去，不许自己人出来，不敢和世界文化交流，这正表示他的胆怯。所以是我说这只是一个小反动。虽然两个东西我们无从证明哪一个好，依我的看法，民主自由一定得到最后胜利。固然历史告诉我们民主自由运动常会遭到包围摧残。法国革命几经失败，民主摇篮中心英国的成功受英伦三峡保护，美国民主成功靠两大海洋保护，但每次民主自由斗争无不得到最后胜利，最近两次世界大战亦是如此。

此次从北平到上海，一位朋友对我说，这个输麻将还打什么，我说你是失败主义的说法，真正输麻将是十二年前的局面，那时我们和世界三海军国之一、陆军占世界第三位、工业占世界第三位的国家打仗，我们没有一点基础，飞机连教练机不过二百架，那才是必输的，可是我们要打，而且打胜了。人家最悲观的时候，我一点不悲观，我总是想，他们没有好装备，没有海军没有空军，我们只要稍稍好转，就可以风雨皆释了。这次斗争说是文化选择问题的斗争，决不能说输就算了，这不比选择双梁鞋、选择剪头发、选择钟表、选择天文历法那般容易，必须得从感情信仰思想各方面去决定，我们的决定也即是国家民族的决定！

演化论与存疑主义

1872年1月10日，达尔文校完了他的《物类由来》第六版的稿子。这部思想大革命的杰作，已出版了十三年了。他的《人类由来》（*The Descent of Man*）也出版了一年了。《物类由来》出版以后，欧美的学术界都受了一个大震动。十二年的激烈争论，渐渐的把上帝创造的物种由来论打倒了，故赫胥黎（Huxley，1825—1895）在1871年曾说，"在十二年中，《物类由来》在生物学上做到了一种完全的革命，就同牛敦（**今译牛顿**）的Principia在天文学上做到的革命一样"。但当时的生物学者及一般学者虽然承认了物种的演化，还有许多人不肯承认人类也是由别的物类演化出来的。人类由来的主旨只是老实指出人类也是从猴类演化出来的。这部书居然销售很广，而且很快：第一年就销了二千五百部。这时候，德国的赫克尔（Haeckel）也在他的*Naturliche Schopfungs Geschichte*（演化论与存疑主义）里极力主张同样的学说。当日关于这个问题——物类的演化——的争论，乃是学术史上第一场大战争。十年之后（1882），达尔文死时，英国人把他葬在卫司敏德大寺里，与牛敦并列，这可见演化论当日的胜利了。

1872年的六版的《物类由来》，乃是最后修正本。达尔文在这一版的页四二四里，加了几句话：

前面的几段，以及别处，有几句话，隐隐的说自然学者相信物类是分别创造的。很有人说我这几句话不该说。但我不曾删去他们，因为他们的保存可以纪载一个过去时代的事实。当此书初版时，普通的信仰确是如此的。现在情形变了，差不多个个自然学者承认演化的大原则了。（《达尔文传》二，三三二）

当1859年《物种由来》初出时，赫胥黎在《太晤士报》（今译《泰晤士报》）上作了一篇有力的书评，最末的一节说：

达尔文先生最忌空想，就同自然最怕虚空的一样（"自然最怕虚空"Nature abhors a vacuum，乃是谚语）。他搜求事例的殷勤，就同一个法学者搜求例案一样。他提出的原则，都可以用观察与实验来证明的。他要我们跟着走的路，不是一条用理想的蜘蛛网丝织成的云路，乃是一条用事实砌成的大桥。那么，这条桥可以使我渡过许多知识界的陷坑；可以引我们到一个所在，那个所在没有那些虽妖艳动人而不生育的魔女——叫做最后之因的——设下的陷人坑。古代寓言中说一个老人最后吩咐他的儿子的话是："我的儿子，你们在这葡萄园里掘吧。"他们依着老人的话，把园子都掘遍了；他们虽不曾寻着窖藏的金，却把园地锄遍了，所以那年的葡萄大熟，他们也发财了。（《赫胥黎论文》，二，页一一〇）

这一段话最会形容达尔文的真精神。他在思想史的最大贡献就是一种新的实证主义的精神。他打破了那求"最后之因"的方法，使我们从实证的方面去解决生物界的根本问题。

达尔文在科学方面的贡献，他的学说在这五十年中的逐渐证实与修正，——这都是五十年的科学史上的材料，我不必在这里详说了。我现在单说他在哲学思想上的影响。

达尔文的主要观念是："物类起于自然的选择，起于生存竞争里最适宜的种族的保存。"他的几部书都只是用无数的证据与事例来证明这一个大原则。在哲学史上，这个观念是一个革命的观念；单只那书名——《物类由来》——把"类"和"由来"连在一块，便是革命的表示。因为自古以来，哲学家总以为"类"是不变的，一成不变就没有"由来"了。例如一粒橡子，渐渐生芽发根，不久满一尺了，不久成小橡树了，不久成大橡树了。这虽是很大的变化，但变来变去还只是一株橡树。橡子不会变成鸭脚树，也不会变成枇杷树。千年前如此，千年后也还如此。这个变而不变之中，好像有一条规定的路线，好像有一个前定的范围，好像有一个固定的法式。这个法式的范围，亚里士多德叫他做"哀多斯"（Eidos），平常译作"法"。中古的经院学者译作"斯比西斯"（Species），正译为"类"（关于"法"与"类"的关系，读者可参看胡适《中国哲学史大纲》上卷，页二〇六）。这个变而不变的"类"的观念，成为欧洲思想史的唯一基本观念。学者不去研究变的现象，却去寻现象背后的那个不变的性。那变的，特殊的，个体的，都受人的轻视；哲学家很骄傲的说："那不过是经验，算不得知识。"真知识须求那不变的法，求那统举的类，求那最后的因（亚里士多德的"法"即是最后之因）。

十六七世纪以来，物理的科学进步了，欧洲学术界渐渐的知道注重个体的事实与变迁的现象。三百年的科学进步，居然给我们一个动的变的宇宙观了。但关于生物，心理，政治的方面，仍旧是"类不变"的观念独占优胜。偶然有一两个特别见识的人，如拉马克（Lamarck）之流，又都不能彻底。达尔文同时的地质学者，动物学者，植物学者，都不曾打破"类不变"的观念。最大的地质学家如莱尔（Lyell）——达尔文的至好朋友，——何尝不知道大地的历史上一个时代有一个时代的生物？但他们总以为每一个地质的时代的末期必有一个大毁坏，把一切生物都扫去；到第二个时代里，另有许多新物类创造出来。他们始终打不破那传统的观念。

达尔文不但证明"类"是变的，而且指出"类"所以变的道理。这个思想上的大革命在哲学上有几种重要的影响。最明显的是打破了有意志的天帝观念。如果一切生物全靠着时时变异和淘汰不适于生存竞争的变异，方才能适应环境，那就用不着一个有意志的主宰来计划规定了。况且生存的竞争是很惨酷的；若有一个有意志的主宰，何以生物界还有这种惨剧呢？当日植物学大家格雷（Asa Gray）始终坚持主宰的观念。达尔文曾答他道：

> 我看见了一只鸟，心想吃他，就开枪把他杀了：这是我有意做的事。一个无罪的人站在树下，触电而死，难道你相信那是上帝有意杀了他吗？有许多人竟能相信；我不能信，故不信。如果你相信这个，我再问你：当一只燕子吞了一个小虫，难道那也是上帝命定那只燕子应该在那时候吞下那个小虫吗？我相信那触电的人和那被吞的小虫是同类的案子。如果那人和那虫的死不是有意注定的，为什么我们偏要相信他们的"类"的初生是有意的呢？（《达尔文传》第一册，页二八四）

我们读惯了《老子》"天地不仁"的话，《列子》鱼鸟之喻，王充的自然论，——两千年来，把这种议论只当耳边风，故不觉得达尔文的议论的重要。但在那两千年的基督教威权底下，这种议论确是革命的议论；何况他还指出无数科学的事实做证据呢？

但是达尔文与赫胥黎在哲学方法上最重要的贡献，在于他们的"存疑主义"（Agnosticism）。存疑主义这个名词，是赫胥黎造出来的，直译为"不知主义"。孔丘说："知之为知之，不知为不知，是知也。"这话确是"存疑主义"的一个好解说。但近代的科学家还要进一步，他们要问，"怎样的知，才可以算是无疑的知"？赫胥黎说，只有那证据充分的知识，方才可以信仰，凡没有充分证据的，只可存疑，不当信仰。这是存疑主义的主脑。1860年9月，赫胥黎最钟爱的儿子死了，他的朋友金斯利（Charles Kinsley）写信来安慰他，信上提到人生的归宿与灵魂的不朽两个大问题。金斯利是英国文学家，很注意社会的改良，他的人格是极可敬的，所以赫胥黎也很诚恳的答了他一封几千字的信（《赫胥黎传》，一，页二三三——二三九）。这信是存疑主义的正式宣言，我们摘译几段如下：

……灵魂不朽之说，我并不否认，也不承认。我拿不出什么理由来信仰他，但是我也没有法子可以否认他。……我相信别的东西时，总要有证据；你若能给我同等的证据，我也可以相信灵魂不朽的话了。我又何必不相信呢？比起物理学上"质力不灭"的原则来，灵魂的不灭也算不得什么稀奇的事。我们既知道一块石头的落地含有多少奇妙的道理，决不会因为一个学说有点奇异就不相信他。但是我年纪越大，越分明认得人生最神圣的举动是口里说出和心里觉得"我相信某事某物是真的"。人生最大的报酬和最重的惩罚都是跟着这一桩举动走的。这个宇宙，是到处一样的；如果我遇着解剖学上或生理学上的一个小小困难，必须要严格的不信任一切没有充分证据的东西，方才可望有成绩；那么，我对于人生的奇秘的解决，难道就可以不用这样严格的条件吗？用比喻或猜想来同我谈，是没有用的，我若说，"我相信某条数学原理"，我自己知道我说的是什么：够不上这样信仰的，不配做我的生命和希望的根据。……

……科学好像教训我"坐在事实面前像个小孩子一样；要愿意抛弃一切先入的成见；谦卑的跟着'自然'走，无论他带你往什么危险地方去：若不如此，你决不会学到什么。"自从我决心冒险实行他的教训以来，我方才觉得心里知足与安静了。……我很知道，一百人之中就有九十九人要叫我做"无神主义者"（Atheist），或他种不好听的名字。照现在的法律，如果一个最下等的毛贼偷了我的衣服，我在法庭上宣誓起诉是无效的（1869以前，无神主义者的宣誓是无法律上的效用的）。但是我不得不如此。人家可以叫我种种名字，但总不能叫我"说谎的人"。

这种科学的精神，——严格的不信任一切没有充分证据的东西——就是赫胥黎叫做"存疑主义"的。对于宗教上的种种问题持这种态度的，就叫做"存疑论者"（Agnostic）。达尔文晚年也自称为"存疑论者"。他说：

> 科学与基督无关，不过科学研究的习惯使人对于承认证据一层格外慎重罢了。我自己是不信有什么"默示"（Revelation）的。至于死后灵魂是否存在，只好各人自己从那些矛盾而且空泛的种种猜想里去下一个判断了。（《达尔文传》，一，页二七七）

他又说：

> 我不能在这些深奥的问题上面贡献一点光明。万物缘起的奇秘是我们不能解决的。我个人只好自居于存疑论者了。（同书，一，页二八二）

这种存疑的态度，五十年来，影响于无数的人。当我们这五十年开幕时，"存疑主义"还是一个新名词；到了1888年至1889年，还有许多卫道的宗教家作论攻击这种破坏宗教的邪说，所以赫胥黎不能不正式答辨他们。他那年作了四篇关于存疑主义的大文章：

一、论存疑主义，

二、再论存疑主义，

三、存疑主义与基督教，

四、关于灵异事迹的证据的价值。

此外，他还有许多批评基督教的文字，后来编成两厚册，一册名为《科学与希伯来传说》，一册名为《科学与基督教传说》（《赫胥黎论文》，卷四，卷五）。这些文章在当日思想界很有廓清摧陷的大功劳。基督教当十六七世纪时，势焰还大，故能用威力压迫当日的科学家。伽利略（Galileo）受了刑罚之后，笛卡儿（Descartes）就赶紧把他自己的《天论》毁了。从此以后，科学家往往避开宗教，不敢同他直接冲突。他们说，科学的对象是物质，宗教的对象是精神，这两个世界是不相侵犯的。三百年的科学家忍气吞声的"敬宗教而远之"，所以宗教也不十分侵犯科学的发展。但是到了达尔文出来，演进的宇宙观首先和上帝创造的宇宙观起了一个大冲突，于是三百年来不相侵犯的两国就不能不宣战了。达尔文的武器只是他三十年中搜集来的证据，三十年搜集的科学证据，打倒了二千年尊崇的宗教传说！这一场大战的结果，——证据战胜了传说，——遂使科学方法的精神大白于世界。赫胥黎是达尔文的作战先锋（因为达尔文身体多病，不喜欢纷争），从战场上的经验里认清了科学的唯一武器是证据，所以大声疾呼的把这个无敌的武器提出来，叫人们认为思想解放和思想革命的唯一工具。自从这个"拿证据来"的喊声传出以后，世界的哲学思想就不能不起一个根本的革命，——哲学方法上的大革命。于是十九世纪前半的哲学的实证主义（Positivism）就一变而为十九世纪末年的实验主义（Pragmatism）了。

写在孔子诞辰纪念之后

我们家乡有句俗话说："做戏无法，出个菩萨。"编戏的人遇到了无法转变的情节，往往请出一个观音菩萨来解围救急。这两年来，中国人受了外患的刺激，颇有点手忙脚乱的情形，也就不免走上了"做戏无法，出个菩萨"的一条路。这本是人之常情。西洋文学批评史也有deusex machina的话，译出来也可说，"解围无计，出个上帝"。本年五月里美国奇旱，报纸上也曾登出旱区妇女孩子跪着祈祷求雨的照片。这都是穷愁呼天的常情，其可怜可恕，和今年我们国内许多请张天师求雨的人，是一样的。

这种心理，在一般愚夫愚妇的行为上表现出来，是可怜而可恕的，但在一个现代政府的政令上表现出来，是可怜而不可恕的。现代政府的责任在于充分运用现代科学的正确智识，消极的防患除弊，积极的兴利惠民。这都是一点一滴的工作，一尺一步的旅程，这里面绝对没有一条捷径可以偷度。然而我们观察近年我们当政的领袖好像都不免有一种"做戏无法，出个菩萨"的心理，想寻求一条救国的捷径，想用最简易的方法做到一种复兴的灵迹。最近政府忽然手忙脚乱的恢复了纪念孔子诞辰的典礼，很匆遽的颁布了礼节的规定。8月27日，全国都奉命举行了这个孔诞纪念的大典。在每年许多个先烈纪念日之中加上一个孔子诞辰的纪念日，本来不值得我们的诧异。然而政府中人说这是"倡导国民培养精神上之人格"的方法；舆论界的一位领袖也说；"有此一举，诚足以奋起国民之精神，恢复民族的自信。"难道世间真有这样简便的捷径吗？

我们当然赞成"培养精神上之人格"，"奋起国民之精神，恢复民族的自信"。但是古人也曾说过："礼乐所由起，百年积德而后可兴也。"国民的精神，民族的信心，也是这样的；他的颓废不是一朝一夕之故，他的复兴也不是虚文口号所能做到的。"洙水桥前，大成殿上，多士济济，肃穆趋跄"（用8月27日《大公报》社论中语）；四方城市里，政客军人也都率领着官吏士民，济济跄跄的行礼，堂堂皇皇的演说，——礼成祭毕，纷纷而散，假期是添了一日，口号是添了二十句，演讲词是多出了几篇，官吏学生是多跑了一趟，然在精神的人格与民族的自信上，究竟有丝毫的影响吗？

那一天《大公报》的社论曾有这样一段议论：

> 最近二十年，世变弥烈，人欲横流，功利思想如水趋壑，不特仁义之说为俗诽笑，即人禽之判亦几以不明，民族的自尊心与自信力既已荡然无存，不待外侮之来，国家固早已濒于精神幻灭之域。

如果这种诊断是对的，那么，我们的民族病不过起于"最近二十年"，这样浅的病根，应该是很容易医治的了。可惜我们平日敬重的这位天津同业先生未免错读历史了。《官场现形记》和《二十年目睹之怪现状》描写的社会政治情形，不是中国的实情吗？是不是我们得把病情移前三十年呢？《品花宝鉴》以至《金瓶梅》描写的也不是中国的社会政治吗？这样一来，又得挪上三五百年了。那些时代，孔子是年年祭的，《论语》《孝经》《大学》是村学儿童人人读的，还有士大夫讲理学的风气哩！究竟那每年"洙水桥前，大成殿上，多士济济，肃穆趋跄"，曾何补于当时的惨酷的社会，贪污的政治？

我们回想到我们三十年前在村学堂读书的时候，每年开学是要向孔夫子叩头礼拜的；每天放学，拿了先生批点过的习字，是要向中堂（不一定有孔子像）拜揖然后回家的。至今回想起来，那个时代的人情风尚也未见得比现在高多少。在许多方面，我们还可以确定的说："最近二十年"比那个拜孔夫子的时代高明的多多了。这二三十年中，我们废除了三千年的太监，一千年的小脚，六百年的八股，四五百年的男娼，五千年的酷刑，这都没有借重孔子的力量。八月二十七那一天汪精卫先生在中央党部演说，也指出"孔子没有反对纳妾，没有反对蓄奴婢；如今呢，纳妾蓄奴婢，虐待之固是罪恶，善待之亦是罪恶，根本纳妾蓄奴婢便是罪恶。"汪先生的解说是："仁是万古不易的，而仁的内容与条件是与时俱进的。"这样的解说毕竟不能抹煞历史的事实。事实是"最近"几年中，丝毫没有借重孔夫子，而我们的道德观念已进化到承认"根本纳妾蓄奴婢便是罪恶"了。

平心说来，"最近二十年"是中国进步最速的时代；无论在智识上，道德上，国民精神上，国民人格上，社会风俗上，政治组织上，民族自信力上，这二十年的进步都可以说是超过以前的任何时代。这时期中自然也有不少的怪现状的暴露，劣根性的表现，然而种种缺陷都不能减损这二十年的总进步的净赢余。这里不是我们专论这个大问题的地方。但我们可以指出这个总进步的几个大项目：

第一，帝制的推翻，而几千年托庇在专制帝王之下的城狐社鼠，——一切妃嫔，太监，贵胄，吏胥，捐纳，——都跟着倒了。

第二，教育的革新。浅见的人在今日还攻击新教育的失败，但他们若平心想想旧教育是些什么东西，有些什么东西，就可以明白这二三十年的新教育，无论在量上或质上都比三十年前进步至少千百倍了。在消极方面，因旧教育的推倒，八股，骈文，律诗，等等谬制都逐渐跟着倒了；在积极方面，新教育虽然还肤浅，然而常识的增加，技能的增加，文字的改革，体育的进步，国家观念的比较普遍，这都是旧教育万不能做到的成绩。（汪精卫先生前天曾说："中国号称以孝治天下，而一开口便侮辱人的母亲，甚至祖宗妹子等。"试问今日受过小学教育的学生还有这种开口骂人妈妈妹子的国粹习惯吗？）

第三，家庭的变化。城市工商业与教育的发展使人口趋向都会，受影响最大的是旧式家庭的崩溃，家庭变小了，父母公婆与族长的专制威风减削了，儿女宣告独立了。在这变化的家庭中，妇女的地位的抬高与婚姻制度的改革是五千年来最重大的变化。

第四，社会风俗的改革。小脚，男娼，酷刑等等，我已屡次说过了。在积极方面，如女子的解放，如婚丧礼俗的新试验，如青年对于体育运动的热心，如新医学及公共卫生的逐渐推行，这都是古代圣哲所不曾梦见的大进步。

第五，政治组织的新试验。这是帝制推翻的积极方面的结果。二十多年的试验虽然还没有做到满意的效果，但在许多方面（如新式的司法，如警察，如军事，如胥吏政治之变为士人政治）都已明白的显出几千年来所未曾有的成绩。不过我们生在这个时代，往往为成见所蔽，不肯承认罢了。单就最近几年来颁行的新民法一项而论，其中含有无数超越古昔的优点，已可说是一个不流血的绝大社会革命了。

这些都是毫无可疑的历史事实，都是"最近二十年"中不曾借重孔夫子而居然做到的伟大的进步。革命的成功就是这些，维新的成绩也就是这些。可怜无数维新志士，革命仁人，他们出了大力，冒了大险，替国家民族在二三十年中做到了这样超越前圣，凌驾百王的大进步，到头来，被几句死书迷了眼睛，见了黑旋风不认得是李逵，反倒唉声叹气，发思古之幽情，痛惜今之不如古，梦想从那"荆棘丛生，檐角倾斜"的大成殿里抬出孔圣人来"卫我宗邦，保我族类！"这岂不是天下古今最可怪笑的愚笨吗？

文章写到这里，有人打岔道："喂，你别跑野马了。他们要的是'国民精神上之人格，民族的自信'。在这'最近二十年'里，这些项目也有进步吗？不借重孔夫子，行吗？"

什么是人格？人格只是已养成的行为习惯的总和。什么是信心？信心只是敢于肯定一个不可知的将来的勇气。在这个时代，新旧势力，中西思潮，四方八面的交攻，都自然会影响到我们这一辈人的行为习惯，所以我们很难指出某种人格是某一种势力单独造成的。但我们可以毫不迟疑的说：这二三十年中的领袖人才，正因为生活在一个新世界的新潮流里，他们的人格往往比旧时代的人物更伟大：思想更透辟，知识更丰富，气象更开阔，行为更豪放，人格更崇高。试把孙中山来比曾国藩，我们就可以明白这两个世界的代表人物的不同了。在古典文学的成就上，在世故的磨炼上，在小心谨慎的行为上，中山先生当然比不上曾文正。然而在见解的大胆，气象的雄伟，行为的勇敢上，那一位理学名臣就远不如这一位革命领袖了。照我这十几年来的观察，凡受这个新世界的新文化的震撼最大的人物，他们的人格都可以上比一切时代的圣贤，不但没有愧色，往往超越前人。老辈中，如高梦旦先生，如张元济先生，如蔡元培先生，如吴稚晖先生，如张伯苓先生；朋辈中，如周诒春先生，如李四光先生，如翁文灏先生，如姜蒋佐先生：他们的人格的崇高可爱敬，在中国古人中真寻不出相当的伦比。这种人格只有这个新时代才能产生，同时又都是能够给这个时代增加光耀的。

我们谈到古人的人格，往往想到岳飞、文天祥和晚明那些死在廷杖下或天牢里的东林忠臣。我们何不想想这二三十年中为了各种革命慷慨杀身的无数志士！那些年年有特别纪念日追悼的人们，我们姑且不论。我们试想想那些为排满革命而死的许多志士，那些为民十五六年的国民革命而死的无数青年，那些前两年中在上海在长城一带为抗日卫国而死的无数青年，那些为民十三以来的共产革命而死的无数青年，——他们慷慨献身去经营的目标比起东林诸君子的目标来，其伟大真不可比例了。东林诸君子慷慨抗争的是"红丸""移宫""妖书"等等米米小的问题；而这无数的革命青年慷慨献身去工作的是全民族的解放，整个国家的自由平等，或他们所梦想的全人类社会的自由平等。我们想到了这二十年中为一个主义而从容杀身的无数青年，我们想起了这无数个"杀身成仁"中国青年，我们不能不低下头来向他们致最深的敬礼，我们不能不颂赞这"最近二十年"是中国史上一个精神人格最崇高，民族自信心最坚强的时代。他们把他们的生命都献给了他们的国家和他们的主义，天下还有比这更大的信心吗？

凡是咒诅这个时代为"人欲横流，人禽无别"的人，都是不曾认识这个新时代的人：他们不认识这二十年中国的空前大进步，也不认识这二十年中整千整万的中国少年流的血究竟为的是什么。

可怜的没有信心的老革命党啊！你们要革命，现在革命做到了这二十年的空前大进步，你们反不认得它了。这二十年的一点进步不是孔夫子之赐，是大家努力革命的结果，是大家接受了一个新世界的新文明的结果。只有向前走是有希望的。开倒车是不会有成功的。

你们心眼里最不满意的现状，——你们所咒诅的"人欲横流，人禽无别"——只是任何革命时代所不能避免的一点附产物而已。这种现状的存在，只够证明革命还没有成功，进步还不够。孔圣人是无法帮忙的；开倒车也决不能引你们回到那个本来不存在的"美德造成的黄金世界"的！养个孩子还免不了肚痛，何况改造一个国家，何况改造一个文化？别灰心了，向前走罢！

女子解放从哪里做起？

《星期评论》问我"女子解放从哪里做起？"我的答案是："女子解放当从女子解放做起。此外更无别法。"

这话初听了似乎不通，其实这是我想了一夜再三改正的答案。

先说女子的教育。人都说现在的女子教育大失败，因为女学生有卖淫的，有做妾的，有做种种不名誉的事的。我说这不是女子教育失败，这是女子教育不曾解放的失败。我们只给女子一点初等教育，不许她受高级教育；只教她读一点死书，不许她学做人的生活。这种教育我们就想收大功效吗？可算是做梦了！

补救女子教育的失败，就是多给她一点教育。不解放的教育失败了，多给她一点解放的教育。

解放的女子教育是：无论中学大学，男女同校，使她们受同等的预备，使她们有共同的生活。

初办解放的教育一定有危险的，但是这种危险没有法子补救，只有多多的解放。解放是消除解放的危险的唯一法子。

教育如此，女子社交的解放，生计的解放，婚姻的解放，都是一样的。解放的唯一方法就是实行解放。

人常说"解放必须女子先有解放的资格"。换句话说，"先教育，先预备，然后解放。"我说："解放就是一种教育，而且是一种很有功效的活教育。"嘴上空谈解放的预备，实际上依旧把自己的姊妹妻女关起来，叫她们受那种预备将来解放的教育，这是极可笑的事。我十年前也曾提倡男女社交的解放，后来初同美国女子作朋友，竟觉得手足无措，话都说不出来。所以我说，我们如果深信女子解放，应该从实行解放做起。

大学开女禁的问题

《少年中国》的朋友要我讨论这个问题，我且随便把我的一点意思发表在此，只可算作讨论这个的引子，算不得一篇文章。我是主张大学开女禁的。我理想中的进行次序，大略如下：

第一步，大学当延聘有学问的女教授，不论是中国女子是外国女子，这是养成男女同校的大学生活的最容易的第一步。

第二步，大学当先收女子旁听生。大学现行修正的旁听生规则虽不曾明说可适用于女子，但将来如有程度相当的女子，应该可以请求适用这种规则。为什么要先收女子旁听生呢？因为旁听生不限定预科毕业，只须有确能在本科听讲的程度，就可请求旁听。现在女子学制没有大学预科一级，女子中学同女子师范的课程又不与大学预科相衔接，故最方便的法子是先预备能在大学本科旁听。有志求大学教育的人本不必一定要得学位。况且修正的旁听规则明说旁听生若能将正科生的学科习完，并能随同考试及格，修业期满时，得请求补行预科必修科目的考试，此项考试如及格，得请求与改为正科生，并授与学位。将来女子若能做得这一步，已比英国几个旧式大学只许女子听讲不给学位的办法更公平了。

第三步，女学界的人应该研究现行的女子学制，把课程大加改革，总得使女子中学的课程与大学预科的入学程度相衔接，使高等女子师范预科的课程与大学预科相等，若能添办女子的大学预科，便更好了。这几层是今日必不可缓的预备。现在的女子中学，程度太浅了，外国语一层，更不注意，各省的女子师范多把部章的每年每周三时的外国语废了。即使不废，那每周三小时的随意科，能教得一点什么外国语？北京的女子高等师范预科，去年只有每周二时的外国语，今年本科始加至每周五时。高等师范本科的学生竟有不曾学过外国语的。这是女子学校自己断绝进大学的路。至于那些教会的女学校，外国语固然很注意，但是国文与科学又多不注重。这也是断绝入大学的路。依现在的情形看来，即使大学开女禁，收女学生，简直没有合格的女学生能享受这种权利！这不是很可怪的现状吗？前两个月，有一位邓女士在报上发表他给大学蔡校长请求大学开女禁的信。我初见了这信，以为这是可喜的消息。不料我读下去，原来邓女士是要求大学准女子进补习班的！补习班是为那些不能进预科的人设的。一个破天荒请求大学开女禁的女子，连大学预科都不敢希望，岂不令人大失望吗？这个虽不能怪邓女士，但是我们主张大学开女禁的人，应该注意这一点，赶紧先把现在的女子学校彻底研究一番，应改革的，赶紧改革，方才可以使中国女子有进入大学的资格。有进大学资格的女子多了，大学还能闭门不纳女子吗？

　　以上三层，是我对于这个问题的意见。我虽是主张大学开女禁的，但我现在不能热心提倡这事。我的希望是要先有许多能直接入大学的女子，现在空谈大学开女禁，是没有用的。

民权的保障

前几天在中国民权保障同盟北平分会的席上，杨杏佛先生说了一句很沉痛的话："争民权的保障是十八世纪的事；不幸我们中国人活在二十世纪里还不能不做这种十八世纪的工作。"

先进的民族得着的民权，不是君主钦赐的，也不是法律授予的；是无数的先知先觉奋斗力争来的，是用血写在法律条文上去的，是时时刻刻靠着无数人的监督才保障得住的。没有长期的自觉的奋斗，决不会有法律规定的权利；有了法律授予的权利，若没有养成严重监护自己的权利的习惯，那些权利还不过是法律上的空文。法律只能规定我们的权利，决不能保障我们的权利。权利的保障全靠个人自己养成不肯放弃权利的好习惯。

"权利"一个名词是近三十多年来渐渐通用的一个新名词。当这个名词初输入的时代，梁任公先生等屡作论文，指出中国人向来缺乏权利思想，指出中国人必须提倡这种权利思想。其实"权利"的本义只是一个人所应有，其正确的翻译应该是"义权"，后来才变成法律给予个人所应享有的"权利"。中国古代思想也未尝没有这种"义权"的观念。孟子说的最明白：

非其义也，非其道也，一介不以与人，一介不以取诸人。

这正是"权利"的意义。"一介不以与人"是尊重自己所应有；"一

211

介不以取诸人"是尊重他人所应有。推而广之，孟子所谓"富贵不能淫，贫贱不能移，威武不能屈"也正是个人自尊其所应有，自行其所谓是。孔墨两家都还有这种气概。但柔道之教训，以随顺不争"犯而不校"为处世之道，以"吃亏"为积德之基，风气既成，就无人肯自卫其所应有，亦无人肯与强有力者争持其所谓是。梁先生们所谓中国人无权利思想，只是这种不争不校的风气造成的习惯。在这种习惯支配之下，就有了法律规定的人权民权，人民也不会享用，不会爱护的。

然而普通人的知识和能力究竟有限，我们不能期望人人都懂得自己的权利是些什么，也不能期望人人都能够监护自己的权利。中国人所以不爱护权利，不但是长久受了不争与吃亏的宗教与思想的影响，其中还有一个更重要的原因，就是中国的法制演进史上缺乏了一个法律辩护士的职业。我们的老祖宗只知道崇拜包龙图式的清官，却不曾提倡一个律师职业出来做人民权利的保护者。除了王安石一流远见的政治家之外，多数儒生都不肯承认法律是应该列为学校科目的。士大夫不学法律，所以法律刑名的专家学识都落在一种受社会轻视的阶级的手里，至高的不过为刑名师爷，下流的便成了讼棍状师。刑名师爷是帮助官府断案的；人民的辩护还得倚赖自己，状师讼棍都不能出面辩护，至多不过替人民写状子，在黑影子里"把案"而已。我们看《四进士》戏里讼师宋士杰替他的干女儿打官司，状子是按院大人代写的，是宋士杰出庭代诉的，还几乎完全败诉了，我们看这戏的用意，可以想见我们的老祖宗到了近代也未尝不感觉到法律辩护士的需要。但《四进士》的编著者是个无名的天才，他的见解完全不能代表中国的一般社会。普通人民都只知道讼棍是惹不得的，宋士杰是人间少有的，同包龙图一样的不易得。所以他们只希望终身不入公门，不上公堂；上了公堂，他们只准备遭殃，丝毫没有抵挡，没有保障。好胜是天性，而肯吃亏是反人情。中国人的肯吃亏、不好讼，未必是宗教与哲学造成的，绝大的造因是因为几千年来没有保护人民权利的律师阶级。

西洋人的权利思想的发达同他们的宗教信条正相反。基督教的教主也是教人不抵抗强权的："有人打你的左脸，你把右脸也给他打。"然而基督教的信条终久不能埋没罗马人提倡法律的精神。罗马不但遗留下了《罗马法典》，更重要的是她遗留下的法学与辩护制度。士大夫肯终身研究法律，肯出力替人民打官司；肯承认法律辩护是高尚的职业，而替人伸冤昭枉是光荣的功绩，——有了这种风气和制度，然后人民有权利可说。我们不要忘了：中古欧洲遗留下的最古的大学，第一个（Salerno）是医科大学，第二个（Bologna）就是法科大学，第三个（巴黎）才是神科大学。我们的士大夫是"读书万卷不读律"的，不读律，所以没有辩护士，只能有讼棍；讼棍是不能保障人民权利的。

　　中国人提倡权利思想的日子太浅，中国有法律教育的日子更浅，中国有律师公开辩护的日子又更浅了，所以什么约法和宪法里规定的人民权利都还是一些空文，军人官吏固然不知道尊重民权，人民自己也不知道怎样享用保护自己的权利。到了权利受损害的时候，人民只知道手忙脚乱的去走门路，托人情，行贿赂；却不肯走那条正当的法律的大路。直到近几年中，政治的冲突到了很紧张的地步，一面是当国的政党用权力制裁全国的舆论，不容许异党异派的存在，一面是不满意干现政权的各种政治势力，从善意的批评家到武装反抗的革命党派。在这个多方面的政治冲突里，现政权为维护自身的权力计，自然不恤用种种高压方法来制裁反对势力，其间确有许多过当的行为，如秘密军法审判的滥用，如死刑之滥用，如拘捕之众多与监狱生活之黑暗，都足以造成一种恐怖的心理。在这种政治势力的冲突之下，尤其在现政权用全力制裁武装反抗的政治势力的情形之下，一切情面门路友谊种种老法子在这里都行不通了。直到这个时候，才有人渐渐感觉到民权保障的需要。民权保障的运动发生于今日，正是因为今日是中国政治的分野最分明，冲突最利害的时候。我们看上海发起这个运动的宣言特别注重"国内政治犯之释放与非法的拘禁酷刑及杀戮之废除"，就可以明白这个历史背景了。

　　我是赞成这个民权保障运动的。我承认这是我们中国人从实际生活里感觉到保障权利的需要的起点。从这个幼稚的起点，也许可以渐渐训练我们养成一点爱护自己权利并且尊重别人权利的习惯，渐渐训练我们自己做成一个爱护自己所应有又敢抗争自己所谓是的民族。要做到这种目的，中国的民权保障运动必须要建筑在法律的基础之上，一面要监督政府尊重法律，一面要训练我们自己运用法律来保障我们自己和别人的法定权利。

但我们观察今日参加这个民权保障运动的人的言论，不能不感觉他们似乎犯了一个大毛病，就是把民权保障的问题完全看作政治的问题，而不肯看作法律的问题。这是错的。只有站在法律的立场上来谋民权的保障，才可以把政治引上法治的路。只有法治是永久而普遍的民权保障。离开了法律来谈民权的保障，就成了"公有公的道理，婆有婆的道理"，永远成了个缠夹二先生，永远没有出路。前日报载同盟的总会宣言有要求"立即无条件的释放一切政治犯"的话，这正是一个好例子。这不是保障民权，这是对一个政府要求革命的自由权。一个政府要存在，自然不能不制裁一切推翻政府或反抗政府的行动。向政府要求革命的自由权，岂不是与虎谋皮？谋虎皮的人，应该准备被虎咬，这是作政治运动的人自身应该的责任。

我们以为这条路是错的。我们赞成民权应有保障，但是我们以为民权的唯一保障是法治。我们只可以主张，在现行法律之下，政治犯也应该受正当的法律保障。我们对于这一点，可以提出四个工作的原则：

第一，我们可以要求，无论何种政治犯，必须有充分证据，方可由合法机关出拘捕状拘捕。诬告的人，证实之后，必须反坐。

第二，我们可以要求，无论何种政治犯，拘捕之后，必须依照约法第八条，于二十四小时之内送交正式法庭。

第三，我们可以要求，法庭受理时，凡有证据足以起诉者，应即予起诉，由法庭公开审判；凡无犯罪证据者，应即予开释。

第四，我们可以要求，政治犯由法庭判决之后，应与他种犯人同受在可能范围之内最人道的待遇。

这都是关于政治犯的法律立场。离开了这个立场，我们只可以去革命，但不算是做民权保障运动。

以上所说，不过是举政治犯一个问题做个例，表示我个人对于这个运动的见解。除了政治犯之外，民权保障同盟可以做的事情多着哩。如现行法律的研究，司法行政的调查，一切障碍民权的法令的废止或修改，一切监狱生活的调查与改良，义务的法律辩护的便利，言论出版学术思想以及集会结社的自由的提倡，……这都是我们可以努力的方向。

中国抗战也是要保卫一种文化方式

一

你们知道你们是为什么而作战的。你们是为了保卫你们的民主生活方式而作战的。这种生活方式，按照我所了解的，就是自由与和平的生活方式。

就西方世界与西方文明而言，问题的关键，乃是专制与民主的对垒。也就是自由对压迫、和平对武力征服的斗争。

今天，太平洋区域问题的关键，和西方世界所面临的，毫无二致。那便是极权统治下的生活方式，与民主生活方式的对垒。换句话说，也就是自由与和平对压迫与侵略的斗争。

西方问题的焦点，在于纳粹的德国对西欧与英美民主国家间的冲突。而太平洋区域的问题，在于中日间的冲突。两方面战争的目标是一致的。

基本上说，中日冲突的形态乃是和平自由反抗专制、压迫、帝国主义侵略的战争。

为求彻底了解太平洋区域冲突的本质，我们必须就中日历史事实，作一对照性的分析。

（一）中国在两千一百年前，成为一个统一的大帝国。当时的日本，尚在军国封建（幕府）制度的巅峰时期。自那时起，幕府制度，代代相袭，延续至十九世纪中叶，派瑞（Commodore Perry）（今译佩里）迫其开放门户，始告终止。

（二）两千一百年来，中国发展成为一个几乎没有阶级的社会组织。政府官吏的产生，都是经由科举考试的竞争选拔出来的。但日本呢？至少在近八百年来，都是武人政治。他们这个统治阶级的地位，一直是不容许他人问鼎的。

（三）中国在权威鼎盛时期，也从不鼓励武力侵略，而且一向厌弃战争，谴责帝国主义的领土扩张行为。相反的，军国主义的日本很久以前沿袭而来的国家理想一直都是向大陆作领土的扩张，和妄图征服世界。

上述这些历史事实的对照，在中日两国生活方式和文明发展上，是具有重大的意义的。这两个民族的国民性和社会体制，也就在这些史实的推演中形成。这就是为什么中国成为一个民主和平的国家；而日本成为一个极权黩武的民族的原因。

二

现在让我们回顾一下中国的历史，以便了解这种自由、民主和平生活方式发展的过程。

远在纪元前221年，中国就已成为一个统一的大帝国。在统一之前，是一个漫长的诸侯割据时代，称为春秋战国。在这个时期中（尤以纪元前600—200年间为最），具有创造性的发展的中国思想和文化，大放异彩，与西方古希腊思想、文明的兴起，颇有异曲同工之妙。

由于这个时期，在学术、哲学上的成就，中国的自由、民主、和平观念与理想，也就随而产生。有关中国民主思想形成的哲学基础，可以从下面数例中，见其大要。

第一，是以"无为而治"的黄老治术为最高政治形态。老子和他的门人认为，最好的政治，是使人民几乎不知有政府的存在；而最坏的政治，是人民畏惧政府。所以他主张："一切听其自然……无为而无不为。"

第二，是墨家的兼爱精神。墨子主张"非攻"；他一生的精力，都致力于传布"博爱"及"国际间和平相处"的道理，这些道理他称为是上天的意旨。

第三，是本着"人皆可教"的原则，产生了社会不分阶级的理想。孔子说"性相近也，习相远也。惟上智与下愚不移。"及"有教无类"。正说明了这个道理。

第四，中国具有言论自由，及政治上采纳坦诚谏奏的悠久传统。远在纪元前八世纪时，有一位政治家曾留下这样一段名言："防民之口，甚于防川，川壅而溃，伤人必多，民亦如之。是故为川者，决之使导；为民者，宣之使言。"《孝经》中引有孔子一段话说："昔者天子有争臣七人，虽无道，不失其天下；诸侯有争臣五人，虽无道，不失其国……士有争友，则身不离于令名；父有争子，则身不陷于不义。"

第五，是人民在国家中，占极重要地位。人民反抗暴政，乃天经地义的事。孟子说："民为贵，社稷次之，君为轻。"又说："君之视臣如土芥，则臣视君如寇仇。"孟子的民主革命思想，说明人民可以抗暴，更可以诛戮暴君。

第六，是均产的社会思想。孔子说："有国家者，不患寡而患不均……盖均无贫。"

以上是中国所以爱好和平，与重视民主的一些理论性的、哲学性的基础。这些观念与理想，是在纪元前三世纪，中国第一个学术成熟时期，发轫于我们的先圣先贤，而且代代相传到今天。美国国会图书馆东方组主任赫莫尔（A. W. Hummel）是我的一位好友。他对中国民主思想，曾对孟子的民主学说表示以下的意见："中国在两千多年的君主体制下，不但革命的论调，能够存在，而那些含有革命思想的书籍，竟又用来作为考选政府官吏的依据，这实在是不可思议的事。"

中国古代的许多哲学思想，也能在两千一百年的帝国制度下，一一付诸实施。

（一）一个统一的大帝国，竟然形成和平与无为而治的政治作风。纪元前二世纪大帝国的版图，和今天中国的版图的广袤几乎一样大小。在通信交通不像今日这么发达的当时，要想统治这样广大的国域，真是谈何容易。那时的始皇帝，想以军国主义与极权领导，统治这中国历史上的第一大帝国。可是不出十五年时间，就遭到了为革命推翻的悲惨命运。继之而来的，是中国的第二大帝国——汉朝，统治了四百年之久。汉朝政治家，由于历史教训的利益，决定建立一个和平统治的王朝，将无为而治的政治哲学付诸实施，逐步推行文人政治，使人民享有统一帝国生活的种种权益，而不受政府过分的干涉。

由于汉朝长期无为而治的文人政治制度实施的成功，以后各代，也大都相沿推行。

在上述期间，因为中国没有强大邻国侵犯，所以和平与军备裁减的实现，并无困难。当时虽有好战的游牧民族为患，然而尚不足以使中国走上扩充军备与军国主义的道路。所以无论就政治、哲学、宗教或文学而论，均视战争为大忌。

个人自由与地方自治精神，更是和平与无为政风下必然的产物。所以，中国政治一贯的特色，是被治理者个人主义的充分表现。他们尽量避免政府的控制，和常常流露出无政府主义的思想。下面的一首民歌，便是最好的例证：

日出而作，日入而息。

凿井而饮，耕田而食。

帝力于我何有哉！

这种"天高皇帝远"的自由民主思想，不是采用无为而治的政风，是不可能产生的。

（二）由于封建社会早已废弃，长子继承权（宗法）制度，也就随之消失。汉代财产继承的政策，是各子平均分配，而且不分贵族平民，都已习为风尚。任何富户，经三代分产之后，便已不复存在。所以，经过两千一百年的均产之后，逐渐形成今天社会结构的民主化。

（三）两千年来的科举制度，更进一步使中国社会民主化。科举制度起源于对儒学人材的需求。孔孟儒学中的语言，虽然已经不是当时流行的口语，但却是官方上下来往的文件与学术著作的标准语言。后来教育逐渐普及，科举制度日益完备，取才对象的限制，也就日益放宽，科举也就成了谋求显达的唯一合法的，而且光荣的途径。由于限制放宽，贫苦子弟也可以逐步晋升到卿相的地位。后来考试范围大都限于《四书》，更给予有志的贫苦青年子弟，接受儒学教育与中举的机会。科举制度的建立，正是孔子"有教无类"理想的具体实现。

（四）长子继承（宗法）制度的及早废除和公开科举取士制度的实施，是中国人争取平等的奋斗；而监察制度的实施，又是中国人争取自由的奋斗。中国在上古时代，即有监察制度的实施。负责监察的大臣，往往不顾专制君主的愤怒，直言进谏。后来不但御史台可以谏奏，凡是有头衔的官吏都享有这种谏奏的权利。因此演变出一种带有宗教色彩的传统——最昏庸的国君，对直谏的臣子，也不敢严加处分。国君对谏奏的容忍，一向都被认为是一种最高的美德。那些因为谏奏，而遭到严刑重罚，或被暴君处死的忠臣，一向都被尊崇为维护人民利益、反对暴虐统治的英烈之士。

（五）最足以表现中国人积极争取自由的一面，是学术生活和传统。中国思想史上最辉煌的时期，呈现出独立思想和大胆怀疑的精神。至圣先师孔子的教言中即有："学而不思则罔，思而不学则殆。"及"知之为知之。不知为不知，是知也。"

中国的思想自由和批评精神，就是在这个"合理怀疑"的伟大传统中，培养起来的。公元一世纪时的王充，对当时所有宗教思想与玄学观念，曾以高度的科学方法，站在哲学的观点，大胆的加以批评。于是这种批评精神，使中国从中世纪风行一时的释、道二教中解放出来。就是在儒家本身，也一样充满了独立思想与批评、怀疑的态度。譬如对孔学典籍的批评，很久以前就已蔚为风气。凡经学者证明为伪冒或窜改的卷册、章节，不管世人如何重视，都能毫不犹豫的加以驳斥。这种自由批评的风气，到九世纪后期，更加显著。于是自由派学者，对一切主要孔学典籍，均抱有丝毫不苟的疑问态度。

在过去半个世纪中，中国的社会和政治思想，也接受了这种怀疑和批评精神的洗礼，而具有怀疑与批评的特性。在这个时期的中国思想领导人物，几乎都曾对民族文化遗产，作过批评性的研究。而且对每一方面的问题，都当仁不让的予以检查及怀疑和严厉的批评。因此，无论宗教、君主体制、婚姻及家庭制度以至于圣贤本身，都在评论之列，以确定其在新时代、新世界中的存在价值。

这里要请诸位特别注意的一点是：中国这种学术上的自由批评精神，不是舶来品，而是固有的。去年，在我向美国国会图书馆，存放先父尚未出版的一些手稿时，我曾向该馆当局指出，这些资料，是先父八十年前，在一个老式大学（龙门书院）中研究时使用的。其中每页，都用红色印刷体，记载如下的字样：学生首须学会以怀疑的精神来研讨课程……哲学家张载（纪元1020—1077）曾说："于不疑处有疑，则学进矣。"

这种自由批评与怀疑的精神，使我们推翻了君主专制，废弃了教育与文学上纯以文言为工具的传统，而为今日中国带来了一个政治与社会革命，及文化复兴的新时代。

三

再看日本历史，那真有天壤之别！

日本历史，在政治组织上，一直是极权统治；在学术上，是愚民政策；在教育上，是军事化训练；其抱负则是帝国主义的思想。

日本历史上的极权独裁政治，是它国内外观察家，有目共睹的。日本历史权威乔治·森荪爵士（Sir George Sansom）曾说：

约自1615年起，日本即在寡头政治统治之下。统治的方法，多与现在极权国家所用者相同。它的特征是：统治者自选干部；压制某些阶级，使其无所作为；限制个人的自由；厉行节约；多方垄断；各种检查；秘密警察；及'个人为国家而存在'的教条。至1868年，这一政权虽被推翻，但继起而代的，并不是一个受大众欢迎的政府，而是一个强大的官僚集团……因而奠定了日本极权主义特质永恒不变的基础。

曾于1940年9月，起草并签署轴心国联盟条约的前日本驻罗马大使白鸟（Shiratori），对日本历史的评论，比森荪爵士更为露骨。他说："过去三千年中，日本民族成长的基本原则，就是极权主义。"

因此，日本之所以甘心加入轴心国，而且把这种做法，视为它一贯的国策，是有其历史背景，并非偶然的。

其二，是关于日本愚民政策的诸多记载。也就是在学术上，对传统与权威的无条件接受。日本学者，对某些神话、传说，是不容许存有怀疑态度的。譬如日本皇室与贵族衣钵相传的神圣性，太阳女神，纪元前660年2月11日为日本帝国开国日，或称为大神传下镜子、宝石、宝剑三件圣宝的帝国的创建日。

日本帝国大学教授Telsujiro Inoue（井上哲次郎）在他的一部代表作中，大胆的表示了他对伊势神宫（Ise）中三件圣宝的看法。他认为上述传统的说法，有待研究。这（Inoue）博士这一点轻微的存疑，闯下了数年遭受迫害的大祸。他被逐出帝国大学，在暴众的围攻下，打得一目失明。但是没有一位学人，敢于挺身而出，为他的遭遇，或为他的科学怀疑精神，加以辩护。

自然，在学术独裁与暴力把持的气氛下，不但危险思想要受到查禁，所有其他思想，也都被认为是有危险的成分。

其三，是上述历史传统，说明了日本所以迅速发展成为一等武力强国的原因，揭穿了历史上最大的迷惑：何以在所有非欧洲国家中，唯有日本能吸收西方文明，在军事上独占鳌头？而中国、印度、波斯（伊朗）、高丽、越南、暹逻，又何以不能？日本之所以能迅速军事化，乃是因为它的统治阶级——大名和武士——是在军国主义传统的教育、训练中熏陶出来的。而统治阶级的所作所为，又是全国上下，积极效法的榜样。

因此，日本在短短数十年间，培育成最强大的军事力量，傲视一切非欧洲国家，自亦不是偶然的事了。

其四，是上述历史传统，也说明了日本帝国主义扩张的一贯政策。五百年来，日本的国策与理想，不外是向大陆扩张与征服世界。

三百五十多年前（1590）日本中古时代的英雄丰臣秀吉（Hideyoshi），曾致书中、韩、菲、印、琉球，说明他征服世界的计划，即将付诸实施。现在我将他致高丽国王书信的译文，引述一部分如下：

> 日本帝国大将丰臣秀吉，致高丽国王陛下……秀吉虽出身寒门，然家母孕育秀吉之夜，曾梦日入怀中。相士释梦，预言秀吉命中注定，世界各地，阳光照射之处，均将为我统治……天意所示如此，逆我者皆已灭亡。我军所向披靡，攻无不克，战无不胜。今我日本帝国，已臻和平繁荣之境……然我不以于出生之地，安度余年为足，而欲越山跨海，进军中国，使其人民为我所化，国土为我所有，千年万世，永享我帝国护估之恩……故当我进军中国之时，希国王陛下，率军来归，共图大业……

高丽对该书，并未给予满意的答复，于是秀吉遂在1592年初，派遣三十万五千大军，渡海经高丽侵略中国。此一师出无名的战争，历时七年之久。后因秀吉死亡，始告结束。

战争爆发之初，秀吉的预定计划是这样的：1592年5月底前，征服高丽。同年底以前，占领中国首都北京。这样，到1594年，新日本大帝国将在北京建都，日皇在北京登基，而秀吉本人则在宁波设根据地，进而向印度及其他亚洲国家扩张。

秀吉的计划虽未能实现，但三百五十年来，他却变成了日本民族的偶像。数十年来，亚洲大陆与太平洋地区所发生的一切，与近数月来，所发生的一切，都不是偶然的，而是秀吉精神复活的确证。

今天，这个独裁的、愚民的、黩武的、疯狂式帝国主义的日本，正是我们面临的大敌。我们已经和这个劲敌浴血抗战了五年。而今天代表全人类五分之四的同盟诸国，也正在和这一帝国主义者及其他轴心国家，进行全面的殊死之战。

四

由于上述两种截然不同的历史背景，而产生了两种根本上对立的生活方式。今天，中国人民的自由、民主、和平方式，正面临着日本独裁、压迫、黩武主义方式的严重威胁。

中国对日抗战的第一个理由是，我们不仅反对日本帝国作风的重振，不仅反对日本在中国领土上推行其君主政体，而更是反对它雄霸亚洲和征服世界的野心所谓"神圣的使命"。

中国对日抗战的第二个理由是，我们中国人把怀疑看做一种美德，把批评看做一种权利。因此我们不愿意让一个"视一切思想均有危险性"的民族所统治。

中国对日抗战的第三个理由是，中国人民一向爱好和平，厌弃战争。因此我们不愿意在一个黩武好战、梦想征服世界的民族奴役之下苟生。